AF215731

Leif Allendorf

Glück

Mitarbeit: Ulrike Röhrig
Projektbetreuung: Christoph Hermann

Bibliografische Information der Deutschen Nationalbibliothek: Die Deutsche Nationalbibliothek verzeichnet
diese Publikation in der Deutschen Nationalbibliografie;
detaillierte bibliografische Daten sind im Internet über
www.dnb.de abrufbar.

© 2019 Leif Allendorf

Herstellung und Verlag:
BoD – Books on Demand, Norderstedt
ISBN 978-3-7494-5418-1

Dem Andenken meines Vaters Reinhard Allendorf
(1942-1996)

Inhalt

1. Von den ersten Dingen

Mein Zimmer ist eine Raumkapsel. Ich schaue aus dem Fenster und sehe Sterne in der Schwärze des Alls. Alles scheint stillzustehen, aber in Wirklichkeit bewegt sich jeder Himmelskörper mit rasender Geschwindigkeit. Doch aufgrund der ungeheuren Entfernungen im Universum treffen wir nie auf etwas.

Ich bin mit Musik und Literatur ausgestattet, die mir bis weit über das Ende meiner Lebensspanne ausreicht. Glücklicherweise ist mein Geist so voll, dass ich nicht auf Anreize von außen angewiesen bin. Mein Wissen scheint sich zu einem bisschen Weisheit zu verdichten. Ich werde es aufschreiben. Vielleicht wird ein Büchlein daraus. Und vielleicht wird es irgendwann jemand finden und lesen.

Vor kurzem wurde mir klar, dass ich niemals im Leben glücklich sein werde. Diese Erkenntnis kam nicht ganz aus heiterem Himmel. Es hatte Anzeichen gegeben, Hinweise, die Summe der Erfahrungen in all den Jahren. Aber ein großes Bild erfasst man erst, wenn man ein paar Schritte zurücktritt und es aus einiger Entfernung anblickt. Und auf einem der unzähligen langen Spaziergänge gewann ich den Abstand, um das Bild meines Lebens in seiner ganzen Breite wahrzunehmen.

Der Schreck war tief. Natürlich, seit frühester Jugend hatte man mit dem Pessimismus kokettiert, den Skeptiker gegeben und Mensch und Welt verachtet. Aber das war nur Attitüde – insgeheim war jeder von uns felsenfest davon überzeugt, dass unsere Geschichte ein gutes Ende finden wird. Dabei hätte es misstrauisch machen müssen, dass es nur im Märchen heißt: „Und sie lebten glücklich bis an ihr Ende."

An einem Abend mit vielen Flaschen Wein hatte Amelie sich neulich an unsere gemeinsame Zeit in einer Wohngemeinschaft erinnert. Sie war damals neunzehn und Werkstudentin in einem großen Automobilkonzern, ich zehn Jahre älter und Zeilenschinder bei einer märkischen Tageszeitung, die heute gewiss nicht mehr existiert. Ich war chronisch pleite, unterernährt und depressiv. Frauen erschienen mir in meinem Minderwertigkeitskomplex als überirdische Wesen. Und dann stand da diese unfassbar schöne Französin in meiner Wilmersdorfer Wohnungstür, gertenschlank mit langem schwarzen Haar und großen braunen Augen, und knallte mir die erste Monatsmiete auf den Tisch, weil sie das Zimmer dringend, *dringend* bräuchte.

Tagsüber schrieb ich für das Blatt in Brandenburg. Abends sah ich dieser selbstbewussten Karrieristin zu, wie sie die Müllbude in eine schöne Wohnung verwandelte und immer die richtige Kleidung trug, bei all ihrer Jugend etwas Weltmännisches hatte und in jemandem wie mir nichts anderes sehen konnte als das notwendige Übel eines Mitbewohners, einen Typen, dem man Hallo und Tschüss zuruft, mit dem man auch das eine oder andere Wort wechselt, der sich aber ansonsten in Tiefen bewegt, zu denen Mademoiselle sich niemals herabbegeben würde. Nach einem Jahr zog Amelie aus, heiratete, ging nach Süddeutschland und wurde Managerin in der Konzernzentrale ihres Ausbildungsbetriebs.

Fünfzehn Jahre später meldete sie sich wieder. Sie war geschäftlich in Berlin und lud mich zum Essen ein. Es war im Grunde ein Überfall. In zwei Stunden am Kollwitzplatz. Ich pflege meine Tage im voraus zu planen und bin sehr unempfänglich für spontane Verabredungen. Aber Amelie war Amelie.

Als wir im Italiener saßen, sah ich, was Arbeit mit den Menschen macht. Aber gleichzeitig war sie lebensweise geworden. Sie, die früher bedenkenlos den neoliberalen Unsinn nachgeplappert hatte, den die Pressesprecher der Konzernchefs von sich gaben, sprach nun – als Managerin – in einem desillusionierten, verächtlichen Ton über den Kapitalismus, der selbst mich Altlinken schaudern ließ. Und sie hatte gleichzeitig einen Blick bekommen für das Wichtige und Wesentliche, mit dem sie mich, den Älteren, weit hinter sich gelassen hatte. Sie konnte in meinem Gesicht lesen wie in einem Buch. Sie ließ mich wissen, dass sie immer großen Respekt vor mir gehabt hatte und dass ich selbst auch ein bisschen mehr Respekt für mich übrig haben sollte. Sie sprach mir Mut zu. Das war die neue Amelie. Die einzige Frau auf dem Planeten Erde, mit der ich über Balzac und Schopenhauer diskutieren kann.

Und jetzt ist es wieder Herbst. Amelie lädt mich in ihre kleine Wohnung ein, die sie für ihre unregelmäßigen Aufenthalte in Berlin gemietet hat. Sie öffnet die nächste Flasche Rotwein und erzählt mir, wie sie sich an unsere gemeinsame Zeit erinnert.

Sie war noch keine zwanzig und sehr schüchtern. Sie lebte in einer Wohngemeinschaft mit einem Mann, der fast zehn Jahre älter war und als Journalist arbeitete. Er hatte Literatur studiert und war ihr an Wissen und Intelligenz haushoch überlegen. Sie ahnte es und sah es durch die Art bestätigt, wie er schmerzlich den Mund verzog, wenn sie ein paar Takte redeten. Sie war nur die Mitbewohnerin, ein notwendiges Übel, um die Miete erschwinglich zu halten. Wie könnte sie erwarten, jemals von diesem Mann ernstgenommen zu werden?

In Gedanken schwimme ich zwanzig Jahre in der Zeit zurück, haste die vier Stockwerke im Wilmersdorfer Treppenhaus hinauf, schließe die Tür auf, renne in die Wohnung. Und noch bevor ich den Mantel ausziehe, ergreife ich Amelies zarte weiße Hand und beteuere stammelnd, wie sehr ich sie ernst nehme und respektiere.

Aber während ich in Gedanken die Fehler der Vergangenheit berichtige, zündet sie eine zweite Bombe.

„Ehe ist scheiße", sagt Amelie und öffnet eine neue Flasche Wein. Sie sagt es ruhig, ohne jede Bitterkeit. Nicht sarkastisch, nicht wütend, ganz nüchtern, so als würde sie sagen: Das Wetter ist heute wirklich schlecht.

„Weißt du, am Anfang denkst du, das wird schon", sagt sie müde. „Aber es wird nicht."

Ihr Mann und die Tochter sind in Süddeutschland. Von ihm kenne ich nur die Sportwagen- und Motoryachtzeitschriften, die im Wohnzimmer liegen. Von der Tochter ein Bild, das ein blondes, blauäugiges Abbild ihrer schönen Mutter ist. Ich war immer davon ausgegangen, dass das Leben an mir vorbeigegangen ist. Das richtige Leben ist nun mal: Ehepartner, Kinder. Doch nun hat Amelie mit drei Worten alle Hoffnung auf ein erfülltes, glückliches Leben zertrümmert, und zwar für alle Menschen: Ehe ist scheiße. Der junge Kierkegaard hatte es gesagt. Heirate, du wirst es bereuen. Heirate nicht, du wirst es bereuen. Entweder du heiratest, oder du heiratest nicht, du bereust beides.

Ich sehe, wie junge Bengel mich auf der Straße beim Vorübergehen mustern, mit einer Mischung aus Abscheu und Faszination. Ein Fünfzigjähriger mit schwarzer Hornbrille und Schiebermütze. Ich weiß, was sie denken: So ein alter Spießer werde ich niemals werden! Es ist das, was auch ich in ihrem Alter dachte. (Nein, das stimmt nicht ganz. Ich war schon immer ein alter Spießer. Schon als ich jung war.)

Neulich telefonierte ich mit einer Studienfreundin. Sie erzählte, ich hätte vor Jahren etwas sehr Weises gesagt: Das Leben wird nicht besser, nur anders. Das machte mich wütend. So ein dummes Zeug soll ich einmal gesagt haben?

Wie alle traurigen Menschen lache ich viel. In diesem Buch sollte es ursprünglich ein Kapitel mit dem Titel „Mein Leporello" geben. Leporello heißt der Diener in Mozarts Oper „Don Giovanni". Seine Aufgabe ist es, über die Liebschaften seines Herrn Buch zu führen. Zu diesem Zweck notiert er die Namen der Frauen in ein Album, das sich auseinanderfalten lässt wie eine Ziehharmonika. Solche Bilderalben werden bis heute Leporello genannt. Mein Leporello sollte nun meine gescheiterten Liebschaften (alle fünf!) auflisten. Aber ich habe schnell gemerkt, dass dies nicht funktioniert. Warum?

Als ich fünfundzwanzig war, verliebte ich mich in meiner Universitätsstadt Marburg in eine gleichaltrige Kommilitonin. Ich war oft verliebt, aber diesmal war es anders. Ich war nicht ängstlich, nervös, übereifrig und verunsichert wie sonst. Ich war mir sicher. Bei der ersten Begegnung war sie mir gar nicht aufgefallen, ich war beim Kennenlernen also unbefangen. Das Gefühl wuchs langsam und stetig. Es fühlte sich gut an und richtig. Das war also die wahre Liebe. Nicht stürmisch und chaotisch, sondern ruhig und warm. Endlich würde der ganze Kummer der Jugendzeit in etwas Gutem enden.

Allerdings kamen mir dann doch Zweifel, als sich die Sache hinzog, ohne zu einem Ergebnis zu kommen. Ich erinnere mich an eine Situation, wo ich sie gerade in einem Bus zu ihrem Wohnheim (in das sie mich nie eingeladen hatte) fahren sah. Ich ging am Bus vorbei, kurz bevor dieser abfuhr. Durch die dicke Glasscheibe konnten wir nicht miteinander sprechen, nur zum Abschied winken. Ich bekam Angst, dass dies ein Gleichnis sein könnte.

Dann stellte sich heraus, dass sie meine Gesellschaft schätzte, aber sonst nicht mehr. Dass ich verliebt war, hatte sie vor Wochen und Monaten gemerkt. Aber sie wollte mir von ihrem Freund daheim in Thüringen nichts sagen, um mich nicht als Spielkameraden zu verlieren.

Ich fühlte mich in Stücke geschlagen. Besonders nachdem ich sie, die sie mich wegen ihres Freundes in Thüringen abgewiesen hatte, eines Abends in der Stadt Arm in Arm mit einem anderen Studenten traf. Ich trat den beiden in den Weg, kreidebleich, und sie lachte. Ich weiß, dass sie nicht aus Häme oder Spott lachte, sondern aus Scham und Verzweiflung.

Niemals vorher und niemals danach bin ich von einem Menschen so verletzt worden. Ich habe weder vorher noch danach in meinem Leben eine Frau so sehr geliebt wie sie.

Trotzdem eignet sich diese Geschichte nicht zum Schreiben, weil man aus ihr nichts lernen kann. Frauen dieser Art sind wie ein Kind, das zum Zeitvertreib Ameisen tottritt. Wir sind empört und schockiert darüber. Wir packen das Kind bei den Schultern, schütteln es und brüllen es an: Warum machst du das? Warum? Aber das Kind glotzt uns ausdruckslos an, weil es unsere Frage nicht versteht.

Es ist als ob ich auf der Straße laufe und wegen der Unachtsamkeit von Hausbewohnern ein Blumentopf vom vierten Stock direkt auf meinem Kopf fällt. Es mag schmerzhaft sein, höchstwahrscheinlich tödlich, aber es gibt nichts daraus zu lernen. Es ist einfach nur ein Stück Keramik, das mit großer Wucht meinen Schädel trifft.

Im Lehrerzimmer sitzt mir Dilan gegenüber. Sie sieht überhaupt nicht wie eine Türkin aus, sondern wie eine Osteuropäerin. Sie ist vollschlank, hat ein rundes Gesicht und ihre Augen sind hellbraun wie Bernstein. Sie ist eigentlich immer am Schimpfen oder am Lachen.

Ich bin ein rastloser Mensch, ich hetze durch das Leben. Ist es da verwunderlich, dass ich mich von Frauen angezogen fühle, die abgesehen von ihrer Schönheit auch eine Gelassenheit und ein In-Sich-Ruhen ausstrahlen, das mir ewig fremd sein wird? Da sitzt sie nun wie eine Katze, schaut mich mit ihren Bernsteinaugen an als wolle sie sagen: „Was is'?"

14

Gleich bei unserem ersten Gespräch hat sie ihren Mann erwähnt. (Abgesehen davon ist sie zwanzig Jahre jünger als ich.) Würde ich offen mit ihr reden, was ich den Teufel nie tun würde, dann würde ich ihr sagen: *Du wärst es gewesen. Ich sehe dich und sehe die Frau, die ich mir als die Frau meines Lebens vorstellen könnte. Aber zum ersten Mal in meinem Leben bin ich nicht eifersüchtig. Denn ich weiß, dass sich deine Hoffnungen auf Liebe und Lebensglück ebensowenig erfüllen werden wie meine.*

Von meiner Wohnung aus führen zwei Wanderrouten nach Norden. Der Pankeweg folgt dem Fluss Panke, einem Rinnsal, das in der Nähe von Bernau entspringt und irgendwo im Wedding in den Berliner Landwehrkanal mündet. Man kann die Panke aufwärts nach Nordosten bis Brandenburg laufen. In nordwestlicher Richtung verläuft der Mauerweg, der dem ehemaligen Verlauf der innerdeutschen Grenze folgt. Mauerweg und Pankeweg öffnen sich auf der Karte nach Norden hin zu einem riesigen V, zwischen dessen Balken sich eine subarktische Doktor-Schiwago-Landschaft von Birkenwäldern, Moor und Weiden erstreckt. Man möchte nicht glauben, dass man sich in einer Stadt befindet, aber der Bucher Forst, die Malchower Aue und die Karower Teiche gehören allesamt noch zum Berliner Stadtgebiet. Dort werden einzelne Waldflächen nicht mehr bewirtschaftet sondern in den Urzustand versetzt. Es grasen Rindtiere, mit denen versucht wird, den ausgestorbenen Auerochsen zurückzuzüchten. Diese Ebene ist für mich das, was für Arno Schmidt die niedersächsische Heidelandschaft bedeutete.
Die Arbeit gibt mir viel Zeit. Ich würde geistig verkümmern, wenn ich nur als Lehrer tätig wäre. Aber anstatt zu schreiben gehe ich oft stundenlang wandern. Ich habe ein schlechtes Gewissen. Bis mir klar wird, dass dieses Wandern Teil meiner Arbeit ist. Kierkegard und Nietzsche haben es genauso getan.

Den Tag über liefen und liefen sie. Am Abend schrieben sie nieder, was ihnen während des Wanderns eingefallen war. Ich gehe jetzt niemals ohne ein Notizheft aus dem Haus, in das ich mir Stichworte eintrage. Heute: HEIMAT
Als junger Mensch konnte ich mit dem Begriff Heimat nichts anfangen, ja war sogar feindlich eingestellt. Heimat war gleichbedeutend mit rückständig und engstirnig. Und nun merke ich, dass ich in Pankow unmerklich meine Heimat gefunden habe, den Ort, an dem ich voraussichtlich bis zum Ende meines Lebens bleiben werde. Es erscheint mir einleuchtend, erst jetzt meine Heimat gefunden zu haben, nämlich in einem Alter, in dem ich erstmals auch seelisch bei mir selbst zuhause bin. Ich spaziere, und bei jedem zweiten Spaziergang gibt es einen Geistesblitz.
Heute: Heimat ist nicht, wo du herkommst. Heimat ist, wo du hinkommst.
Auch über meine Herkunft fällt mir etwas ein. Mein Geburtstag ist im Herbst, und daher ist die Jahreszeit mit den fallenden Blättern mein Zuhause. Es ist absolut schlüssig, dass ich erst im Herbst meines Lebens zu mir finde.

Ich mag den Ausdruck „Midlife-Crisis" nicht. Er bedeutet den banalen Selbstzweifel des Mittelklasse-Mannes, der über seine Mittelklasse-Frau und sein Mittelklasse-Auto nachgrübelt und sich fragt, ob er es nicht zu einer noch besseren Frau oder einem noch besseren Auto hätte bringen können. Das ist nur oberflächlich. Was wirklich ins Mark geht, ist die Erkenntnis, die sich nach der Hälfte des Lebens langsam abzeichnet. Erstens: Der Schreck darüber, dass die Wegstrecke, die vor uns liegt, deutlich kürzer ist als die Strecke hinter uns. Zweitens: Die Möglichkeit, dass sich der Plan unseres Lebens niemals erfüllen wird, das zuvor Unvorstellbare, dass wir das, worauf wir all unsere Bemühungen gerichtet haben, nicht erreichen.

Die Erkenntnis, dass unser Lebensplan nicht in Erfüllung geht, schreibt Balzac, verdirbt oder veredelt den Menschen. Was wird die Erkenntnis bei mir bewirken? Wird sie mich verderben oder veredeln?

Im Frühsommer 1987 sitze ich mit Roland in einem Straßencafé in Karlsruhe. Das Abitur steht kurz bevor, und damit der Abschied von der Jugend. Es war keine schöne Jugend, es war eine einsame und mutlose. Ich sehe zu einem der Tische am anderen Ende herüber, weil dort eine auffällig schöne junge Frau sitzt. Sie hat braune Augen und langes braunes Haar. Ruhig und gelassen unterhält sie sich mit ihrem Begleiter. Das wäre es, denke ich. Das wäre die Frau meines Lebens. Sie anzusprechen kommt mir nicht in den Sinn. Ihr Begleiter zahlt, und die beiden stehen auf. Der Begleiter geht nach hinten durch das Innere des Cafés zum Ausgang. Die junge Frau geht in die andere Richtung, an unserem Tisch vorbei. Als sie neben mir ist, sagt sie leise „Tschüs" und geht weiter. Roland runzelt die Stirn, aber ich kann ihm nicht antworten. Zu unfassbar ist das, was eben geschehen ist. So unfassbar, dass ich es versäume, das einzig richtige zu tun: ihr hinterherzulaufen. Und so lasse ich die Chance verstreichen.
Natürlich habe ich diese Frau nie wieder gesehen. Und natürlich denke ich seit dreißig Jahren fast jeden Tag an diese Szene. Und natürlich bin ich fest davon überzeugt, dass ich an jenem Frühsommertag meine einzige Chance im Leben vertan habe, glücklich zu werden.

Die Religion und ich hatten gleich zu Anfang ein schlechtes Verhältnis. Eines Tages kam eine Pastorin ins Klassenzimmer, erzählte wahllos ein paar Geschichten aus der Bibel und sagte schließlich, wenn wir diese Geschichte glaubten, kämen wir in den Himmel, wenn nicht, in die Hölle. Nun ist es schon ziemlich schäbig, wenn eine Religion sich mit Drohungen und Erpressung Geltung zu verschaffen sucht. Noch mehr aber empörte mich die Dummheit dieses Versuchs. Ich war zehn Jahre alt und kein Idiot!

Es sollte noch schlimmer kommen. Eines Tages erzählte die Pastoin davon, wie Abraham von Gott den Befehl bekam, seinen kleinen Sohn Isaak zu opfern. Ohne das geringste Zögern erhob Abraham das Schlachtermesser gegen sein Kind, und Gott musste ihn im letzten Moment an dem Mord hindern. Aber er äußerte sich sehr zufrieden über den unbedingten Gehorsam Abrahams.

Der Begriff „unbedingter Gehorsam" ließ bei mir die Alarmglocken schrillen. Ich war ein Kind von 68ern, und meine 68er-Eltern hatten mir eingeschärft, dass an allem Schrecklichen der Vergangenheit, dem Krieg, den Konzentrationslagern und all dem anderen eines schuld war: unbedingter Gehorsam. Alle Verbrecher hatten sich später damit rechtfertigt, sie hätten ja bloß Befehle ausgeführt. Ab 1945 wurde in Deutschland beschlossen, dass der Befehl eines Oberen nie wieder als Ausrede für ein ausgeführtes Verbrechen dienen durfte. Aber die Pastorin hatte dies offenbar nicht mitbekommen.

Mein Vater war sein ganzes Leben heimatlos. Das war zum Teil seinem Beruf geschuldet. Schauspieler wechseln nach ein paar Jahren, wenn das Publikum sie satt hat, an ein Theater in einer anderen Stadt. Aber eines Sommers, in einem kleinen Städtchen im Südosten Irlands, fühlte er sich wirklich zuhause. Am Tag der Rückkehr nach Deutschland schrieb er in sein Tagebuch:

18.08.1993
Wieder zunehmende Wärme. Müssen uns ans tropische Klima in Karlsruhe wieder gewöhnen. Nachts Gewitter und Regen, brachte aber keine Abkühlung. „Heart of a woman" gehört, unter Tränen.

Homesick. Richte mich auf härtere Tage ein; der von mir so kon-
sequent eingefädelte Irland-Urlaub ist vorbei. Jetzt kommt: Ehealltag
und das deutsche Theater.

Das, was für ihn bisher das Wichtigste im Leben gewesen war
– die Frau, die er liebte, der Beruf, den er ausüben wollte – das
war mit einem Mal das, was er am meisten fürchtete.
Zu dieser Zeit hatte er den Kontakt zu K., einem alten Freund,
wieder aufgenommen. Ich glaube, die beiden kannten sich seit
der 68er Zeit. Sie waren ein schöner Kontrast: K. war Sozio-
loge, überzeugt davon, das Böse existiere nicht, das soge-
nannte Böse sei ein noch ungelöstes oder unverstandenes ge-
sellschaftliches Problem. Ein Mann von berufsmäßigem Opti-
mismus, während mein Vater auf der Misslichkeit des Lebens
und der Unverbesserlichkeit der Welt beharrte. K. bejahte das
Leben, mein Vater verneinte es.
Während mein Vater dicke medizinische Bücher wälzte, um
eine Krankheit zu finden, die ihn dereinst dahinraffen würde,
bekam K. mit Anfang 50 Krebs. Ein Jahr lang quälte eine über-
forderte Medizin ihn, seine Frau und drei Kinder ihn mit falschen Hoffnungen. Dann musste mein Vater zur Beerdigung
seines alten Freundes reisen.

Mein dritter Mitbewohner war Musiker. Ich wusste das nicht,
als er einzog. Jutta, meine zweite Mitbewohnerin, hielt sich für
eine Künstlerin, wie so viele junge Leute in der Stadt. Sie hatte
die Küche mit Alu-Folie ausgekleidet, was diese in meinem
Bekanntenkreis als „Space Kitchen" bekannt machte. Die Wohnung war von Juttas Mutter, einer SPD-Bezirksverordneten
von Wilmersdorf, angemietet worden. Da Jutta im Gegensatz
zu mir keine Miete zahlte, weigerte sie sich, mich als Mitbewohner anzusehen, sondern betrachtete mich als ihren Untermieter. Als Untermieter wurde ich offenbar nicht als
würdig befunden konsultiert zu werden, als Jutta auszog und

einen Ersatz in die Weltraumküche setzte. Er war zehn Jahre jünger als ich und hatte einen schwarzen schmalen Vollbart. Ich hatte ihn mir nicht ausgesucht und er hatte sich mich nicht aussuchen können. Wir starrten uns feindselig an, und Jutta überließ uns beiden das Feld.

Die ersten Tage gingen wir uns aus dem Weg. Wenn ich im Flur lauschte, hörte ich aus seinem Zimmer Streichinstrumente. Ich hatte nicht erwartet, dass ein Zwanzigjähriger mit Hipsterbart Klassik hört. Nach einer Weile fiel mir auf, dass die Musik dauernd stockte und die gleiche Passage immer wieder begann. Es klang als würde in Jans Zimmer ein Orchester ein schwieriges Stück einstudieren und der Dirigent würde immer wieder unterbrechen. Da ich wusste, dass in das kleine Zimmer kein Sinfonieorchester passte, erfuhr ich von meinem Mitbewohner, dass in den neunziger Jahren ein Keyboard und etwas Computersoftware ein ganz passables Orchester ergaben. Wir kamen uns näher.

Zu dieser Zeit wurde in Berlin die Wehrpflicht wieder eingeführt. Im Stadtmagazin erschien ein kritikloser Artikel darüber, was mich so ärgerte, dass ich einen empörten Leserbrief schrieb. Er wurde abgedruckt. Mein Mitbewohner saß in der Space-Küche und starrte mich über den Rand seiner Müsli-Schale mit einer Mischung aus Faszination und Grauen an. „Ich habe mich immer gefragt, was das für Menschen sind, die Leserbriefe schreiben", sagte er schließlich. „Jetzt weiß ich es. Frustrierte Germanisten."

Jan war ein großer Verehrer der Romane von Milan Kundera und erklärte mir die Bedeutung des tschechischen Wortes *Litost*. Es war in etwa Traurigkeit und Melancholie, aber auch Scham und Erniedrigung schimmerten in dem Wort durch. Ich kam auf die Idee, eine große Party zu veranstalten, zu der ich alle Frauen einladen würde, die mich in meinem Leben zurückgewiesen haben. Auf dem Höhepunkt des fröhlichen

Festes würde ich kurz um Ruhe bitten, ihnen in die Augen blicken und fragen: „Warum habt ihr mich nicht gewollt...?"
Jan strahlte. „Wenn du *das* machst, widme ich dir ein Album!"

Das Leben ist ein Marathonlauf, nach dessen Ende dir eine unfassbare Belohnung versprochen wurde. Der Lauf ist eine Qual, aber die Hoffnung auf die Belohnung lässt dich alle Strapazen ertragen. Als du – mehr tot als lebendig – endlich ins Ziel läufst, erfährst du, dass es keine Belohnung gibt. Es war eine Erfindung, um dich zum Laufen zu bringen. Erinnere dich daran, wie sehr du dich während des Laufens auf die Belohnung gefreut hast! Du begreifst jetzt, dass dies die glücklichsten Momente deines Lebens waren. Und nun sind sie für immer vorbei.

Es verletzt meine Eitelkeit, dass Dilan nicht viel von mir wissen will. Sie müsste doch spüren, dass ich mehr als nur Hilfslehrer bin. Doch ich lerne, auf Kleinigkeiten zu achten. Sie sagt: „Du siehst müde aus", wenn ich gar nicht müde aussehe. Sie sagt: „Du träumst gerade", wenn ich gerade nicht träume. Da ist ein Interesse ihrerseits, es ist nur schwer zu greifen.

Zu den wenigen Erfolgsgeschichten meines Lebens zähle ich meine Selbstheilung von Depression. Ich überwand sie, indem ich sie verstand. Was ist Depression? Der Begriff ist wenig aussagekräftig. Das Lateinische „de" heißt nieder, herunter, und Pression bedeutet Druck. Dass depressive Menschen niedergedrückt sind, das weiß ich auch so, dazu brauche ich keinen lateinischen Ausdruck.
Wie beschreibe ich Depression? Ich definiere Depression als die Unfähigkeit, sich an irgendetwas zu freuen. Nun gibt es unendlich viele Gründe, unglücklich zu sein. Es gibt aber auch den einen oder anderen Anlass zum Glück. Eine Wanderung durch ein unbekanntes Stück Natur oder die Vorfreude auf ein

noch zu schaffendes Werk. In dem Moment, in dem mir das klar wurde, verschwand kein einziger Grund für mein Unglücklichsein. Aber augenblicklich erwarb ich die Fähigkeit, mich an etwas zu erfreuen. Hinzu kam der Triumph, mit Selbst-Denken die eigene Lebenssituation verbessert zu haben.

Neben der Attitüde, ein Pessimist zu sein, legen junge Leute sich noch gern die Attitüde zu, außerhalb der Gesellschaft zu weilen, ihr sogar feindlich gegenüber zu stehen. Das tat auch ich. Bis Karoline ganz arglos fragte, woran ich das denn nun festmachen wolle. Ich gehörte doch zur Gesellschaft wie jeder andere auch. Natürlich war ich tödlich beleidigt. Was mich aber verstörte – sie hatte recht. Ich war ein Mittdreißiger, der für eine Zeitung arbeitete, die mir Visitenkarten mit meinem Namen und dem Titel „Redakteur Innenpolitik" druckte. Ich hatte eine hübsche Freundin, deren Interesse an Kunst und Kultur unerschöpflich war. Dreieinhalb Jahre schon genoß ich das melancholische Glück der Normalität. Ich schluckte meinen Stolz herunter – oder besser: meine Überheblichkeit – und schickte mich an, meinen Frieden mit der Gesellschaft zu machen. Doch kurz bevor ich das tun konnte, verlor ich die Arbeit, verlor ich Karoline. Plötzlich war ich genau das, was ich all die Jahre zuvor nur vorgegeben hatte zu sein: ein Außenseiter.

Ich komme jetzt in das Alter, in dem mein Vater starb. Er hatte alles, was er sich gewünscht hatte: die Frau, die er liebte, den Beruf, den er ausüben wollte, eine Familie. Trotzdem wurde er seines Lebens nicht froh. Ich habe nichts von dem erreicht, was ich wollte und finde meinen Seelenfrieden. Wie kann das sein?

2. Deutschstunde

Wenn jemand anderen Völkern erklären will, was die Deutschen von den Angehörigen anderer Nationen unterscheidet, dann wird oft auf die Gruselgeschichten des „Struwwelpeter" hingewiesen, in denen Kinder, die nicht auf das hören, was ihre Eltern sagen, grausam bestraft werden. Wenn ich jemandem erklären müsste, was die Deutschen ausmacht, würde ich erzählen, wie ich schwimmen lernte.

Als kleiner Junge konnte ich nicht schwimmen. Das war ein Skandal, denn alle Deutschen müssen zwei Dinge können: Englisch und schwimmen. Mit Englisch hatte es noch Zeit. Aber das mit dem Schwimmen konnte in den 70er Jahren nicht warten. Meine Eltern schickten mich zu einem Schwimmlehrer. Der war ein fetter Glatzkopf in weißer Bademeister-Montur. Er hielt eine zwei Meter lange Aluminiumstange über das Wasser, an dessen Ende sich ein Ring befand. An diesem Ring könne ich mich festhalten und über Wasser bleiben. Ich hing am Rand des Schwimmbeckens und sah in die blaue Tiefe hinab. Zögerlich stieß ich mich vom Beckenrand ab und streckte meine Hand nach dem Metallring aus. Der Schwimmlehrer trat aber zwei Schritte zurück, so dass der Ring zwei Meter von mir entfernt war. Ich geriet unter Wasser, strampelte mich in Panik wieder hoch und rief hustend nach der Stange. Der Lehrer rührte sich nicht, und so patschte ich wie ein junger Hund in hastigen Bewegungen weiter. In meiner Lunge brannte das verchlorte Wasser. Die dunkelblaue Tiefe unter mir schien unermesslich. Als ich die Stelle endlich erreicht hatte, an der sich der Ring befunden hatte, war der Schwimmlehrer erneut zwei Schritte rückwärts gegangen und rief mir zu, wenn ich die Stange zu fassen bekommen wolle, müsse ich die paar Meter noch zurücklegen. Prustend und strampelnd brachte ich auch diese Strecke hinter mich. Der

Schwimmlehrer zog die Stange zurück und erklärte, wenn ich die bisherige Strecke ohne Stange geschafft hätte, würde ich auch den Rest schaffen.

So lernte ich schwimmen.

Unterricht bedeutet Kontrolle. Ich denke oft an den kleinen dicken Mann mit Zylinder im Zirkus. In der Hand hält er eine Peitsche, um einen Löwen und einen Tiger zu lenken. Eigentlich ist es lächerlich, Raubtiere, die einen Menschen in Stücke reißen können, mit einer Lederschnur im Zaum zu halten. Aber es funktioniert. Es muss funktionieren. Das Leben des Mannes mit dem Zylinder und der Peitsche hängt davon ab, dass er die Kontrolle behält.

Heute wieder volles Haus. Fast nur Männer, ganz wenig Frauen. Die Frauen sind im Unterricht dreimal so gut wie die Männer. Das scheint die Männer nicht zu stören.

Über die Herkunft der Kursmitglieder heißt es in der Kursmappe: „Syrisch, Irakisch, unbekannt". In der letzten Reihe sitzt Mustafa. Er gibt als sein Heimatland Palästina an. Da es keinen Palästinenserstaat gibt, steht das „unbekannt" für ihn. Er ist niemals ohne seine rote Baseballmütze zu sehen. Als sie ihm einmal vom Kopf rutscht, verstehe ich warum. Obwohl er erst Mitte 20 ist, hat er einen völlig kahlen Scheitel. Der Mützenrand reicht genau bis zu dem dunklen Haarkranz um seine Ohren.

Mustafa beantwort laut brüllend eine Frage, die ich einem anderen Schüler gestellt habe. Ich weise ihn zurecht. Mustafa beginnt eine Unterhaltung mit seinem Sitznachbarn zur Rechten auf Arabsich. Ich weise ihn ein zweites Mal zurecht. Fünf Minuten später brüllt Mustafa wieder eine Antwort auf eine Frage, die nicht an ihn gerichtet war. Ich weise ihn zum dritten Mal zurecht. Er beginnt eine Unterhaltung mit seinem Sitznachbarn zur Linken. Ich zeige auf einen leeren Platz in der ersten Reihe.

„Mustafa, setzen Sie sich da vorne hin."
Mustafa blickt mich entgeistert an. Dann lächelt er und macht eine wegwerfende Handbewegung.
„Mustafa, setzen Sie sich da vorne hin."
Mustafa reagiert empört und redet wild gestikulierend auf Arabisch.
„Mustafa, setzen Sie sich da vorne hin."
Mustafa versucht eine neue Taktik. Er schaut in die Luft und tut so als höre er mich nicht.
„Mustafa, setzen Sie sich da vorne hin."
Ein neuer Wutausbruch, noch heftiger als zuvor.
„Mustafa, setzen Sie sich da vorne hin."
Er mustert mich nachdenklich, so als versuche er, die Situation abzuschätzen.
„Mustafa, setzen Sie sich da vorne hin."
Mit der größtmöglichen Empörung über diese unzumutbare Behandlung springt Mustafa auf, nimmt mit albernem Getue seine Sachen auf und setzt sich finster blickend in die erste Reihe.

Ich mag Araber nicht. Ich verabscheue das Laute, Leutselige. Ich bin ein eher nordischer Mensch. Araber sind für mich Kerle mit affigen Frisuren, die in ausschließlich in Rudeln auftauchen und sich nur brüllend unterhalten können.
Araber erwidern meine Abneigung. Ich bin für sie alles, was sie verabscheuen: das strenge Schweigen, der missbilligende Blick durch die schwarze Hornbrille, die reservierte Zurückhaltung.
Und nun werden wir zusammen in ein Klassenzimmer gesperrt, und in demselben Maße, in dem ich lerne, dass sich hinter all diesen Mahmouds und Mustafas ein individuelles Schicksal verbirgt, ein eigenes Individuum mit seinen Marotten, Vorzügen und Eigenheiten, im gleichen Maße begreifen die Araber, dass sich hinter meiner schwarzen Brille

ein Mensch mit all seinen Hoffnungen und Enttäuschungen verbirgt.

Als ich Jugendlicher war, gab es nichts Schlimmeres, nichts *Uncooleres* auf der Welt als Deutscher zu sein. Alles war besser: ein Engländer oder Franzose, von mir aus auch ein Holländer oder Pole, aber um Gottes Willen kein Deutscher! Überall ins Ausland folgte uns Adolf Hitler. Als sich in den 80ern dann in der Welt herumsprach, dass Deutschland auch noch etwas anderes war als Nazis und Lederhosen, da wurde es nicht viel besser. Deutschland war wirtschaftlich stark, seine Menschen fleißig und zuverlässig: auch das irgendwie das absolute Gegenteil von *cool*.

Im Frühling 2010 trat beim Internationalen Schlagerwettbewerb ein hübsches junges Mädchen mit einem völlig läppischen Lied an. Ich kann mich noch genau daran erinnern, weil dies das letzte Fernsehereignis war, das ich erlebte. Mit Fernsehereignis meine ich einen Augenblick, wo man einen für das Zeitgeschehen wichtigen Moment miterlebt, ohne im geringsten zu wissen, wie er ausgeht. Es war damit zu rechnen, dass die anderen europäischen Nationen die Gelegenheit nutzten, diesem reichen und selbstgerechten Deutschland aufs Maul zu hauen. Das junge Mädchen würde möglicherweise null Punkte bekommen und heulend von der Bühne gehen.

Die Auszählung begann. Am Anfang sah es gar nicht schlecht aus. Dann wurde es sogar noch besser. Und schließlich, wie eine Reihe angestoßener Dominosteine, purzelten die Punkte in die Schürze des Mädchen. Bereits nach der Hälfte der Auszählungen war Deutschland uneinholbarer Sieger des Schlagerwettbewerbs, und ich begriff: In dieser Mainacht 2010 endete der Zweite Weltkrieg.

Als ich zwei Jahre später durch die Straßen von Los Angeles irrte, auf der Suche nach einem öffentlichen Münzfernsprecher, bat ich ein junges Pärchen um Hilfe. Die beiden kümmerten sich rührend um mich. Sie hörten meinen Akzent und fragten mich, woher ich käme. Aus Deutschland, sagte ich. Cool, erwiderten sie. Das irritierte mich. Denn wie ich bereits sagte war aus Deutschland zu kommen in meiner bisherigen Erfahrung absolut das Gegenteil von *cool*.

Deutschlands Einfluss in Europa wuchs. Um nicht die Missgunst der Nachbarn zu erwecken, tat Deutschland alles, um nicht in den Mittelpunkt der Aufmerksamkeit zu gelangen. Aber je stärker Deutschland sich dagegen wehrte, desto stärker wurde es von den anderen Staaten in den Mittelpunkt gerückt. Nicht sympathisch, aber mächtig. Nicht geliebt, aber respektiert. Bei CNN war jetzt mehrmals die Woche von *Germany* die Rede – einige Jahre zuvor unvorstellbar.

In den achtziger Jahren warb eine rechte Partei mit dem Slogan: „Ich bin stolz, ein Deutscher zu sein." Der Kabarettist Rainer Basedow konterte mit der Bemerkung, würde die Bundesrepublik Bürgerkriegsflüchtlingen Zuflucht gewähren, ja, dann wäre auch er stolz, ein Deutscher zu sein. Aber das war natürlich undenkbar...

Im Herbst 2015 öffnete Angela Merkel die deutsche Grenze, um eine Million Bürgerkriegsflüchtlinge aus Syrien und dem Irak ins Land zu lassen. Seitdem ist Deutschland der Mittelpunkt der Welt, und alle US-Fernsehserien, die ich mir anschaue, spielen in Berlin.

Zwölf Schüler sitzen im Klassenzimmer und schauen mich an. In der ersten Reihe rechts von mir das Ehepaar aus Syrien, das mich zum Wochenende in ihre Wohnung einladen will. Hinten rechts Mustafa, der heute ausnahmsweise friedlich ist. Links davon Basim, der mir täglich einen Apfel oder eine Orange auf das Lehrerpult stellt, so dass ich jedes Wochenende einen Obstsalat machen muss. Vorne links ein Neuer, Abdul, ein kahlköpfiger Libanese mittleren Alters, der einen gebildeten Eindruck macht.

Ich begrüße die Anwesenden. Abdul in der ersten Reihe dreht sich um und sagt etwas zu den anderen. Ich erkläre Abdul, dass ich keine Gespräche unter den Schülern möchte. Er zuckt mit den Achseln. Ich fahre fort und erkläre den Unterschied zwischen bestimmtem und unbestimmtem Artikel. Abdul redet wieder in die Klasse. Ich hebe zwei Finger und weise Abdul darauf hin, dass dies die zweite Mahnung ist. Wenn er Fragen hat, soll er sie mir stellen.

„Nicht fragen", sagt er. „Helfen."

Ich setze ihm auseinander, dass er niemandem hilft, wenn er meine Anweisungen (oder was er dafür hält) auf Arabisch wiederholt. Er stört damit den Unterricht.

Jetzt ist er verstimmt, und ich bin es auch. Ich lege zwei Stifte auf den Tisch und sage, dies sei ein Stift und dies sei ein Stift. Ich hebe den roten Stift und sage, der Stift sei rot. Abdul wendet sich zur Klasse. Es ist jetzt offensichtlich. Er kann sich nicht damit abfinden, wie die anderen nur ein Schüler zu sein. Er möchte mein Ko-Lehrer sein und mit wichtiger Miene alles selbst noch einmal erklären.

Ich lege den Stift zurück auf den Tisch, hebe drei Finger und ermahne Abdul zum dritten und letzten Mal. Wenn er nicht willens oder in der Lage sei, meinen Anweisungen zu folgen – ich zeige auf die Tür. Abdul schweigt verbissen. Ich gehe durch die Reihen und zeige auf Tische: ein Tisch, ein Tisch, ein Tisch... Ich klopfe mit dem Finger auf meinen Tisch, auf den Basim heute eine Birne gelegt hat: der Tisch.

„Das ist ein Tisch. Der Tisch."

Abdul nickt und erklärt alles noch einmal in seiner Sprache. Ich gehe langsam zur Tür und öffne sie.

„Raus."

Er glotzt mich verblüfft an.

„Warum?"

Meine Hand weist nach draußen.

Abdul beschimpft mich mit einem Redeschwall aus deutschen und arabischen Wörtern. „Raus", wiederhole ich ruhig. „Jetzt."

Abdul rafft seine Sachen, schreit: „Kindergarten" und stürmt an mir vorbei in den Flur. Ich schließe die Tür und sein Gezeter verhallt im Flur.

Die Kursteilnehmer lächeln mich erleichtert an. Demokratie wieder hergestellt.

Mit ihrer Entscheidung im Herbst 2015, einer Million Bürgerkriegsflüchtlingen aus Syrien und dem Irak Zuflucht in Deutschland zu gewähren, hat Angela Merkel ihre Politikerkollegen in große Bedrängnis gebracht. Bisher konnten die sich immer darauf berufen, nur das „Machbare" zu unternehmen. Was darüber hinaus gehe, könne man politisch eben nicht durchsetzen. Nun ist ein Politiker aber dazu da, Dinge umzusetzen, die er für richtig hält. Natürlich kann er damit scheitern. Wenn er es aber nicht einmal probiert, dann sollte er anstatt Politiker besser Zahnarzt oder Rechtsanwalt werden.

Als Präsident Abraham Lincoln im Jahr 1862 beschloss, in Amerika die Sklaverei abzuschaffen, war er gewiss von Experten umringt, die ihm versicherten, das sei politisch nicht umzusetzen. Da Lincoln sich aber als Politiker betrachtete und nicht als Zahnarzt oder Rechtsanwalt, schaffte er die Sklaverei tatsächlich ab.

In jeder Klasse gibt es zwei, drei Gründe, diesen Job an den Nagel zu hängen. Gleichzeitig gibt es in jedem Kurs zwei oder drei Gründe weiterzumachen. Meine beiden sind der General und seine Frau. Der General sieht so alt aus wie ich (ist aber zehn Jahre jünger). Er hat ein breites, offenes Gesicht und kurze Haare. Er, der es in Syrien offenbar gewohnt war, Befehle zu erteilen, hat kein Problem damit, seine große durchtrainierte Gestalt in die erste Reihe zu platzieren, wo er sich stets pünktlich zu Unterrichsbeginn mit Lehrbuch, Schulheft und gespitztem Bleistift einfindet und mich anstrahlt. Neben ihm seine schöne junge Frau mit Lehrbuch, Schulheft und gespitztem Bleistift, die mich ebenfalls anstrahlt. Sie ist die Klassenbeste, ihr Mann folgt in ihrem Windschatten hinter ihr her.

Zu meiner Unterrichtsstrategie gehört, dass ich eine Schutzwand zwischen mir und den Schülern errichte, eine Mauer, die einen allzu persönlichen Austausch verhindert. Nun hat der General aber gelernt, wie man Festungsmauern sturmreif schießt. Nach zwei Wochen hat er mir meine Telefonnummer entlockt, und eines Tages lädt er mich zu sich nach Hause ein. Die Einladung lässt bei mir die Alarmglocken schrillen. Der Besuch verstößt gegen all meine Verhaltensprinzipien. Aber was vermag ich gegen den General und seine schöne lächelnde Frau auszurichten? Ich fahre mit der S-Bahn nach Schöneweide, wo der General mich in Empfang nimmt, kaufe am Bahnhof Blumen für die Frau des Hauses und betrete die kleine Wohnung. Sie zeigen mir Fotos von ihren elf- und dreizehn Jahre alten Töchtern, die in Damaskus zurückgeblieben sind. Ich esse ihren Reis und ein bisschen von dem aufgetürmten Berg von Hähnchenschenkeln. Der General zeigt mir ein Schreiben des Jobcenters Spandau, in dem er verpflichtet wird, neben dem Abendkurs bei mir noch einen Vormittagskurs zu besuchen, der über sein Sprachniveau völlig hinaus geht. Offenbar weiß in der Behörde die rechte Hand nicht, was die linke tut. Ich nehme das Schreiben mit und verspreche den beiden, mich darum zu kümmern.

Ich habe schon viele böse Briefe an das Arbeitsamt geschrieben, aber mein Schreiben an das Jobcenter Spandau muss diese alle übertreffen. Den ganzen Sonntag sitze ich zuhause, schmelze die Sätze wieder ein und schmiede sie neu, noch härter, noch boshafter, präzise, unwiderlegbar. Am Montag schicke ich den Brief ab.

30

Am Mittwoch empfängt der General mich im Klassenzimmer mit erhobenen Händen. „Mein Bruder!", sagt er und schlingt seine langen starken Arme um mich, während seine schöne junge Frau uns beide anstrahlt.

Es gibt jeden Tag einen Grund, den Job an den Nagel zu hängen. Und einmal im Jahr passiert etwas, dass man es doch nicht tut.

Was mich an meiner Arbeit am meisten stört ist die Fahrt mit der U-Bahnlinie 8. Die U Abschaum, wie ich sie nenne, verkehrt zwischen Alexanderplatz und Hermannstraße. Jeder Kollege hat eine eigene Geschichte über die U Abschaum zu erzählen.

Dilan ist gekränkt, als ich im Lehrerzimmer Neukölln als Müllkippe bezeichne. Sie ist dort aufgewachsen. „Als ich Kind war, war das hier noch ganz anders." Vor fünfzehn Jahren hatte ihr türkischer Vater beschlossen, aus Neukölln wegzuziehen. „Zu viele Ausländer hier", meinte er. Sie siedelten sie nach Schöneberg über. Der Vater achtete streng darauf, dass im Haus nur Türkisch und außerhalb der Wohnung ausschließlich Deutsch geredet wurde. Er wollte sicherstellen, dass seine Tochter nicht Deutschschülerin sondern Deutschlehrerin wird.

Und das wurde sie dann auch.

Kollegin Marietta aus Polen betritt das Lehrerzimmer. Sie ist aufgebracht. „Das habe ich im Läben noch nicht erläbt!", ruft sie. Zum wiederholten mal wollen ihr die Schüler sagen, wie sie ihren Unterricht machen soll. „Keine Diskussionen, Kollegin", empfehle ich. „Wir verteidigen die Demokratie. Wir praktizieren sie nicht..."

Dilan prustet los, und ich weiß jetzt, was mir an kleinem Lebensglück noch übrig bleibt: eine schöne Frau zum Lachen zu bringen.

In meiner ersten Klasse waren eine Handvoll Jesiden. Das ist ein Volk im syrisch-irakischen Grenzgebiet, das angeblich auf den persischen Weisen Zarathustra zurückgeht. Sie werden oft mit Kurden verwechselt, weil sie deren Sprache sprechen. Wenn die Kurden etwas Besonderes sind, dann sind die Jesiden etwas besonders Besonderes. Seit 2014 werden sie in ihrer Heimat von Muslimen verfolgt und massakriert. Kollege Christian nennt die Jesiden seine „Sterne".

Ich bin mit meinen Sternen und Arabern meines Kurses im Pergamonmuseum. Das Ishtar-Tor von Babylon im heutigen Irak ist dort rekonstruiert worden, in voller Größe wie damals, als Alexander der Große an den blaugekachelten und bunt bemalten Mauern vorbeiritt. Das Museum bietet eine Führung in arabischer Sprache an. Meine Jesiden wenden sich nach einer Weile kopfschüttelnd ab. „Der Führer redet die ganze Zeit über Palästina", sagen sie. „Dabei gibt es Palästina gar nicht.

Im Gang kündigt ein Wegweiser „ISLAMISCHE KUNST" an. Manchmal tue ich etwas ohne nachzudenken. Ich frage Assad, ob wir dahin gehen wollen. In dem Moment, da ich das sage, wird mir klar, dass es Unsinn ist. Aber da ist es zu spät. Assad schaut mich völlig entgeistert an. Die Stunden im Museum haben mich angestrengt und ich lasse mich auf einer Holzbank im Gang nieder. Assad setzt sich neben mich.

„Islam scheiße", sagt er.

„Ich weiß", sage ich.

Im Herbst des Jahres 1989 in Deutschland jung zu sein war ein berauschendes Erlebnis. Da war man die achtziger Jahre hindurch Skateboard gefahren, hatte mit Erbsenpistolen silbrige Kugeln verschossen und Wassereis in Plastikstangen gelutscht, immer in der traurigen Gewissheit, dass sich in Deutschland nie etwas ändern würde. Neidisch blickte man auf die 68er und ihre Revolution. In den achtziger Jahren gab es keine Revolution, die Zeit war aus Beton.

Und dann gab es plötzlich doch eine Revolution, drüben im Osten, in jener Gegend, an die man noch nie in seinem Leben einen Gedanken verschwendet hatte. Als das Unmögliche plötzlich möglich geworden war, da wuchsen sofort die Flausen in unseren Köpfen.

Veränderung! Auch bei uns...

Ein paar Studenten wollten in den Osten gehen. Es schwirrten die unglaublichsten Vorstellungen durch die Luft. Ein neuer Sozialismus. Eine Mischung aus den guten Sachen bei uns mit den guten Sachen von drüben. Der dritte Weg.

Auch ich wollte nach drüben, am liebsten nach Leipzig. Mein Professor schüttelte nur den Kopf.

„Mit Kierkegaard in den Osten? Niemals! Sie bleiben in Marburg, das ist gut für Sie."

Ich blieb in Marburg, und ein halbes Jahr später kehrten auch die Leute, die nach drüben gegangen waren, mit hängenden Köpfen zurück. Zu spät, sagten sie, alles aus. Die Sache ist gelaufen.

Wir jungen Leute hatten uns dem Hirgespinst ergeben, es ginge darum, das beste für alle zu erreichen. Aber tatsächlich ging es darum, dass eine Macht die andere Macht unterwarf. Der Westen machte es genauso wie Caesar mit den Galliern: Dieser ließ sich von einem der ewig verfeindeten Keltenstämme zu Hilfe rufen. Caesar marschierte ein, unterwarf den feindlichen Stamm und eroberte das Gebiet des befreundeten Stammes gleich mit.

Nach dem Ende des US-amerikanischen Bürgerkriegs 1865 ging es den Nordstaaten gut, während die Südstaaten am Boden lagen. Der Nachfolger von Präsident Lincoln ordnete an, dass der Süden mit Förderprogrammen und Geld aus dem Norden wieder aufgebaut werden sollte. Doch die Mittel kamen niemals bei den Bewohnern des geschundenen Landes an. Es gab eine Sorte von Leuten, die man Carpet Baggers nannten, Gauner, die mit einer Reisetasche aus Teppichstoff über das Land zogen, und sich alle neuen Posten und Pfründe unter den Nagel rissen.

Die erste gemeinsame Bundestagswahl des wiedervereinigten Deutschlands gewann die Regierungspartei CDU. Diese besetzte in den neuen Provinzen sofort alle Schlüsselpositionen mit eigenen Leuten aus Westdeutschland. Über Nacht kamen die Chefs der Rundfunkanstalten, die Universitätsdirektoren und die Ministerpräsidenten im Osten plötzlich alle aus Bayern und Baden-Württemberg. Als die Ostdeutschen murrten, sagten die Regierenden: Was wollt ihr denn? Ihr habt uns doch gewählt...

Das Wort Zigeuner ist verpönt. Man hat uns angehalten, stattdessen die Formulierung Sinti und Roma zu verwenden. Ich verlange von Begriffen aber, dass Begriffe eine Realität abbilden.

Das Wort Zigeuner bildet eine Realität ab. Katrin arbeitet in Kreuzberg als Verkäuferin. Eine Zigeunermutter mit drei grinsenden Bengeln betritt den Laden in der offensichtlichen Absicht, etwas zu stehlen oder zu betrügen. Ein Bengel kauft einen Schokoriegel. Als er das Wechselgeld in Empfang nimmt, behauptet er, mit einem Zehn-Euro-Schein bezahlt zu haben.

Nicht mit Katrin. Sie zeigt auf den Fünf-Euro-Schein, den sie vorsichtshalber auf die Kasse gelegt hat.

Der Ladenbesitzer mischt sich ein. Er drängt Katrin, dem Bengel die gewünschten weiteren fünf Euro zu geben. Schließlich wolle er nicht, dass seine Verkäuferin auf der Straße erstochen wird.

Aber wie gesagt: Nicht mit Katrin. Der Fünf-Euro-Schein bleibt da, wo er ist, und die Zigeunermutter zieht mit ihren drei Bengeln wütend ab.

Der Begriff Sinti und Roma dagegen bildet keine Realität ab. Er schildert ein fiktives Volk, das nur auf dem Papier und in soziologischen Studien existiert.

Ein ehemaliger Streifenpolizist erzählte mir, nicht alle Zigeuner wären kriminell. So wie nicht alle Deutschen gesetzestreu seien. Aber während achtzig Prozent der Deutschen gesetzestreu und zwanzig Prozent kriminell seien, verhalte es sich bei den Zigeunern genau umgekehrt: Zwanzig Prozent sind gesetzestreu und achtzig Prozent kriminell.

Seit zwei Tagen sitzt Fiser bei mir im Unterricht. Es ist mir ein Rätsel, wie ein Bulgarier, ein Bürger der europäischen Union, Analphabet sein kann. Sicher, auch in Deutschland gibt es Analphabeten. Aber sie bleiben unsichtbar, weil sie sich schämen, Analphabeten zu sein.

Fiser schämt sich nicht. Er ist mit dem festen Vorsatz in meine Klasse gekommen, nichts zu lernen. Er weigert sich, das Lehrbuch zu kaufen. Er weigert sich, Papier und Kugelschreiber mitzubringen. Da Mitschüler ihm Papier und einen Stift geben, kritzelt er im Laufe des Unterrichts ein paar Buchstaben auf das Blatt.

Ich sage nicht, dass alle Zigeuner Diebe sind. Aber Fiser stiehlt mir meine Zeit. Ich bitte das Büro, ihn aus der Kursliste zu streichen. Aber offenbar hat auch jemand, der sich fest vorgenommen hat, nichts zu lernen, in der Bundesrepublik ein Anrecht auf Deutschunterricht. Also muss ich mich selbst darum kümmern.

Der Trick besteht darin, Regeln durchzusetzen gegenüber jemandem, der nicht in der Lage ist, sich an Regeln zu halten. Voraussetzung für den Erhalt von Geld durch das Arbeitsamt ist die regelmäßige Teilnahme am Unterricht. Die Kursteilnehmer erhalten am Ende des Unterrichts die Möglichkeit, diese durch ihre Unterschrift zu bestätigen. Vorher nicht.

So hat Fiser sich das nicht vorgestellt. Er will in der Pause unterschreiben. Er versucht es mit Drohungen, mit Schmeicheleien. Er will sich beim Büro beschweren, wozu ich ihn ausdrücklich ermuntere. Schließlich führt er in der Pause eine Art Tanz auf, ballt die Faust und simuliert, mich mit einem Messer zu erstechen.

Ich schaue ihn an.

„Versuche es", sage ich leise. Niemals sonst duze ich einen Teilnehmer.

Fiser stürmt wutschnaubend davon. Er ist seitdem nicht wiedergekommen.

In „Krieg und Frieden" schildert Leo Tolstoi den Napoleon-Feldzug gegen Russland im Jahre 1812. Dabei macht Tolstoi sich über die etablierte Geschichtsschreibung lustig. Diese erzähle das Märchen von der Geschichte der Menschheit als die Geschichte großer Männer. Dabei habe Napoleon nicht viel mehr gemacht als seinen Embonpoint spazieren zu reiten. (Was zum Teufel heißt „Embonpoint"? Das ist französisch und bedeutet „dicker Bauch", man spricht es etwa „Ombopoäng" aus.) Keiner seiner Schlachtpläne sei je zur Ausführung gekommen, weil zu Beginn jeder Schlacht sich die Situation völlig anders als geplant entwickelt. Und während der Schlacht kann der Feldherr nichts ausrichten, da er außerhalb des Geschehens steht. Es sind die zigtausend Soldaten, die den Kampf ausfechten, und auch sie handeln nicht aus eigenem Antrieb. Das Schicksal der Völker, so ist Tolstoi überzeugt, ergebe sich aus Abermillionen Ursachen, die kein menschlicher Geist überblicken könne. Das einzige, was der Mensch erkennen könne, sei, wie diese Abermillionen Ursachen zu einem unabwendbaren Schicksal würden.

Die schlimmste Klasse, die ich jemals hatte, war ein Jugendkurs. Jugendkurs heißt: arabisch, männlich, Durchschnittsalter 25. Ich erwarte immer noch eine Tapferkeitsmedaille dafür, dass ich diesen Kurs bis zuletzt durchhielt. Ab und zu treffe ich einen dieser Bengel auf dem Gang des Bildungszentrums, der mich dann angrinst, als wären wir die besten Freunde. Aber damals war ihnen nichts recht zu machen. Irgendwann platzte mir der Kragen. Ich ging an die Tafel und schrieb eine Zahl.

20.000.000.000

Sie glotzten mich an. Ich erklärte, das seien zwanzig Milliarden, die Summe in Euro, die der deutsche Staat jedes Jahr dafür aufwende, dass Bürgerkriegsflüchtline aus Syrien und dem Irak Unterkunft, Verpflegung, Taschengeld und kostenlosen Deutschunterricht erhielten. Wenn man diesen Betrag auf die etwa eine Million Flüchtlinge verteile, ergebe das:

20.000

Das sei die Summe, die für jeden einzelnen Flüchtling, also für jeden hier Sitzenden aufgebracht werde.

Eine große Summe, besonders wenn man sie gegen die acht Cent Flaschenpfand aufrechnet, die ihr wirklich wert seid, dachte ich. Ich erwähne nicht, dass die zwanzigtausend Euro, die für jeden Flüchtling jährlich ausgegeben werden, natürlich in erster Linie an die Bauindustrie, den Einzelhandel und an uns Deutschlehrer gehen. Die zwanzig Milliarden Euro Flüchtlingskosten im Jahr sind das größte Konjunkturprogramm in Deutschland seit dem Marshallplan und machen die eh schon stärkste Wirtschaftsmacht Europas noch stärker.

Aber man soll die Dinge nicht unnötig verkomplizieren.

In der großen Küche des Studentenwohnheims gab es einen Fernseher. Dort trafen wir uns abends, kochten und aßen zusammen. Im Spätsommer 1991 zeigten die Nachrichten Bilder, die ich zunächst für gestellt hielt. Eine Rotte von jungen Glatzköpfen warf Brandsätze in ein Flüchtlingsheim. Der Mob auf der nächtlichen Straße applaudierte und die Polizei stand ohnmächtig daneben. Leider stellte sich heraus, dass diese Szenen nicht gestellt waren – als Warnung vor ausländerfeindlichen Tendenzen – sondern real. Ich kann mich noch genau daran erinnern, dass sich vierundzwanzig Stunden lang kein Politiker vor die Kamera wagte. Dann traten der Innenminister Wolfgang Schäuble und Kanzleramtsminister Rudolf Seiters an die Öffentlichkeit. Sie erklärten anlässlich der Anschläge, die Situation erfordere es, etwas gegen die Asylgesetzgebung – also gegen die Flüchtlinge – getan werden müsse. Keiner von beiden kam auf den Gedanken, etwas gegen den Mob von Brandstiftern zu unternehmen.

Am Wochenende ist Bundestagswahl. Mahmoud will wissen, wer gegen wen antritt. Ich erkläre ihm, dass Angela Merkel für die CDU antritt und Martin Schulz für die SPD.
„Angela Merkel gut! Also CDU gut. Ja?"
„Es ist kompliziert", erwidere ich.
Mahmoud versteht ‚kompliziert' nicht.
„Es ist schwierig."
Auch ‚schwierig versteht er nicht.
„Es ist schwer", sage ich schließlich.
Mahmoud nickt.
Im Deutschen ist immer alles schwer.

Als ich Kind war, verschwendete ich kaum einen Gedanken an Politik. Die Kanzler waren Sozialdemokraten und hießen Willy Brand oder Helmut Schmidt. Alles war weitgehend in Ordnung. Zwar gab es einen Menschen namens Helmut Kohl, der unbedingt Kanzler werden wollte. Aber niemand hielt es für möglich, dass jemand, der so aussah und so sprach wie Helmut Kohl, jemals Bundeskanzler von Deutschland werden könnte.
Anfang der 80er Jahre geschahen zwei unerhörte Dinge. Im zweiten Teil von „Krieg der Sterne" schlugen die Imperialen Sturmtruppen unter Darth Vader die Rebellen um Prinzessin

Leia in die Flucht. Und ein Jahr später wurde Helmut Kohl Bundeskanzler. Ich war sechzehn Jahre alt. Als Kohl abgelöst wurde, war ich 32, hatte also genau die Hälfte meines Lebens unter seiner Regierung verbracht.

Ich bin sicher, Tolstoi hätte Helmut Kohl geliebt. Tolstoi hätte vor dem Fernseher gesessen und mitangesehen, wie Kohl seinen Embonpoint von Land zu Land spazieren trug, mit Michail Gorbatschow und George Bush verhandelte, immer mit staatmännischem Stirnrunzeln und in der Überzeugung, gerade über das Geschick der Menschheit zu entscheiden. Tolstoi hätte sich köstlich amüsiert und befunden, Gorbatschow, Bush und Kohl hätten genausogut im Zirkus seiltanzen, Einrad fahren oder durch brennende Reifen springen können.

Nachdem ich die Hälfte meines bisherigen Lebens unter der Regierung Kohl verbracht hatte, wurde wieder ein Sozialdemokrat Bundeskanzler. Mit Schaudern erinnere ich mich heute an die Aufbruchstimmung, die der Regierungswechsel auslöste. Jetzt wird alles besser, dachten wir – wie beim Fall der Mauer. Aber wieder lagen wir falsch. Der neue Kanzler tat etwas völlig Unerwartetes. Hundert Jahre lang hatte die SPD die Interessen der Arbeiter vertreten, die Konservativen dagegen die Interessen der Unternehmer. Nun wechselte Kanzler Gerhard Schröder ebenfalls auf die Seite der Unternehmer. Damit brachte er das Gleichgewicht zwischen Arbeitern und Unternehmen völlig durcheinander und seine Partei an den Rand des Ruins. Das war das zweite Mal, dass die SPD etwas vollkommen Irrsinniges tat. Zehn Jahre zuvor hatte die Regierung Kohl, die tödliche Anschläge auf Ausländer achselzuckend hingenommen hatte, beschlossen, das bis dahin geltende Asyrecht zu verschärfen. Dieses Vorhaben war nicht nur irrsinnig, weil es die Neonazis quasi mit genau dem belohnte, was diese erreichen wollten. Es war außerdem zum Scheitern verurteilt, weil für eine Änderung des Grundgesetzes die Zustimmung der Sozialdemokraten notwendig war. Warum sollten die Sozialdemokraten der Verschärfung des Asylrechts zustimmen? Dafür gab es keinen Grund, aber drei Gründe dagegen. Erstens war es moralisch falsch, statt der Täter die Opfer zu bestrafen. Zweitens war es die Aufgabe der Sozialdemokratie, jenen zu helfen, die Hilfe benötigten. Und drittens war die Verweigerung der Grundgesetzänderung eine Möglichkeit, sich vom politischen Gegner abzugrenzen.

Eine Chance, sich von den Konservativen abzugrenzen, hatten die Sozialdemokraten bereits nach dem Fall der Mauer versäumt, indem sie sich von ihrer kritischen Position zur Wiedervereinigung lösten und sich dem erstarkenden Nationalismus fügten. Und nun schlossen sie sich den Konservativen an und verschärften das Asylrecht.

Zehn Jahre danach schaffte der Sozialdemokrat Gerhard Schröder mit der Agenda 2010 und den sogenannten Hartz IV-Reformen die Sozialdemokratie ab.

Tolstoi würde alles, was ich hier sage, bestreiten. Er würde sagen, nicht Helmut Kohl oder Gerhard Schröder hätten das Asylrecht verschärft oder die Sozialdemokratie abgeschafft. Dies alles hätten Abermillionen Einzelursachen herbeigeführt, die insgesamt zu einem unabwendbaren Schicksal wurden. Ich aber beharre darauf, dass es menschliche Schuld und menschliches Verdienst gibt. Oder sollen es wiederum Abermillionen Einzelursachen gewesen sein, die Kanzlerin Angela Merkel dazu bewegt haben, die Grenzen zu öffnen und eine Million Bürgerkriegsflüchtlinge in Deutschland aufzunehmen?

3. Theaterluft

Mein Vater war Theaterschauspieler. Bei uns zuhause lagen auf dem Tisch seine Rollenbücher, Querformat, etwa zehn Zentimeter hoch und zwanzig Zentimeter breit. Es machte Spaß, darin zu blättern, die Striche zu verfolgen und sich den von meinem Vater markierten Text vorzustellen. Die Frage, wozu Theater gut ist, wäre mir genauso absurd vorgekommen wie die Frage, wozu Bäume gut sind. Wenn meine Mutter ebenfalls arbeitete, durfte ich während der Proben hinter der Bühne herumschleichen. Allerdings habe ich eine schlimme Erinnerung. Bei Shakespears „Troilus und Kressida" spielte mein Vater den Hektor und wurde von Achill getötet. Ich war seitdem immer auf der Seite der Trojaner und hasste die Griechen.

Theaterluft ist extrem trocken. Wahrscheinlich sorgt das Holz der Bühnenbauten und die Sägespäne sowie der heiße Strahl der Scheinwerfer dafür, dass der Luft jede Feuchtigkeit entzogen wird. Trockene Luft ist ja eigentlich nicht angenehm, aber in dieser Luft trat ich als kleines Kind zum erstenmal in eine Traumwelt, in der Griechen mit rotem Helmbusch herumliefen und ein Bretterboden das Schlachtfeld von Hastings war. Jedesmal, wenn ich diese Bühnenluft einatme, bekomme ich Herzklopfen. Das Kino überwältigt durch Lautstärke, der Roman durch Ausführlichkeit, aber nichts kommt der Wirkung gleich, die lebende Menschen auf der Theaterbühne haben.

Wozu Theater? Wenn man auf der Straße oder in der U-Bahn eine Gruppe von Menschen sieht, die sich gerade ein Stück angesehen haben, sieht man manchmal, dass sie sonderbar aufgeregt sind und angeregt diskutieren. Es scheint als seien sie von zwei, drei Gläsern Sekt beschwipst. Aber die Ursache ist eine andere. Wenn ein Theaterstück funktioniert, dann erzählt es dem Zuschauer eine Geschichte, die er, der Zuschauer, selbst erlebt, aber wieder vergessen hat. Nun erinnert er sich wieder an die Begebenheit und die damit verbundenen Gefühle. Am Ende des dritten Akts von „Hamlet" gibt es einen heftigen Wortwechsel zwischen dem dänischen Prinzen und seiner Mutter. Hamlet hat seinen Vater verloren, und die Mutter hat einen neuen Mann ins Haus geholt. Wenn Mutter und Vater sich trennen, ist das für ein Kind der Weltuntergang. Und was ist erst, wenn die Mama einen anderen Mann heimbringt? Hamlet ist ein erwachsener Mann, aber in dieser Szene ist er nichts als ein Scheidungskind, das seine hilflose Wut herausschreit. Wenn diese Szene gut gespielt wird, geht sie dem Zuschauer unter die Haut. Denn selbst falls wir keine Scheidungskinder sind, haben wir alle solche Situationen in irgendeiner Form selbst erlebt.

Ein Schauspieler muss zwei Dinge beherrschen: Schauspielen und nicht Schauspielen. Das erste ist offensichtlich, aber das zweite ist noch wichtiger. Da es mehr Schauspieler als zu besetzende Rollen gibt, verbringt ein Schauspieler viel Zeit seines Lebens mit dem Warten auf die nächste Rolle. Und da ein leerer Geist bekanntlich die Werkstatt des Teufels ist, tut ein wartender Schauspieler gut daran, sich in der quälenden Wartezeit sinnvoll zu beschäftigen.
Mein Vater hatte eine Schreibstube für sich, ein winziges Zimmerchen mit Dachschräge. Dort saß er jeden Abend und las Thomas Mann oder Gedichte von Paul Celan. Seit ich etwa fünfzehn Jahre alt war gewöhnte ich mir an, ihm dort für eine Stunde Gesellschaft zu leisten. Manchmal hatte ich etwas Schlaues zu sagen. Beispielsweise war mir aufgefallen, dass der Roman „Buddenbrooks" wie eine Pyramide gebaut ist. Über hunderte von Seiten wird der Aufstieg der Kaufmannfamilie in Lübeck geschildert. Genau in der Mitte des Buches ist das neue Familiengut fertiggestellt, und Tommie muss an ein

arabisches Sprichwort denken: „Wenn das Haus gebaut ist, zieht der Tod ein." Und von da an geht es die zweite Hälfte des Romans bis zum Ende steil bergab. Mein Vater lobte mich für meine gute Beobachtung, und ich freute mich.

Meistens war es mein Vater, der kluge Dinge sagte. Kunst entsteht aus Not, erklärte er. Die Jäger der Steinzeit fürchteten sich vor den Tieren, die sie jagten. Die Tiere waren stärker und schneller als die Menschen, was die Jäger täglich in Lebensgefahr brachte. Sie malten die Kreaturen an die Wände ihrer Höhlen. Und als Bilder waren sie gebannt.

Angst ist die eine Quelle der Kunst, die andere ist Sehnsucht. Und die Sehnsucht fand mein Vater am besten in der Musik Richard Wagners widergegeben. Das Porträt Richard Wagners hing schon immer im Zimmer meines Vaters. Als Kind hatte ich das Bild gehasst und gefürchtet. Ich glaubte damals, es handle sich um das Foto des Großvaters oder des Onkels meines Vaters. Das Gesicht war wie in Granit gemeißelt, ein grausames, brutales Gesicht mit finsterer Miene. Es entsprach genau meiner Vorstellung von den Familienvätern der alten Zeit, die ihre Frau und ihre Kinder jeden Tag verprügelten. Ich war froh, dass dieser Verwandte schon lange tot war und ich ihm nicht begegnen musste. Aber warum hängte mein Vater sich das Bildnis dieses grausamen Herrn ins Zimmer?

Als ich genau dasselbe Porträt auf der Hülle einer Schallplatte sah, war ich verwirrt. Das war nicht der böse Onkel, sondern ein klassischer Komponist. Wagner gehörte zur Familie, wenn auch auf andere Art als ich vermutet hatte. Mein Vater erzählte, bevor er Schauspieler wurde, wollte er Sänger werden. Er hatte sich in Bayreuth in einen der tiefen Sitze fallen und sich von der Musik forttragen lassen, von der endlosen Melodie, die mit der ersten Note begann und vier Stunden später mit der letzten Note endete. In dieser Musik war alles enthalten, was uns Menschen ausmacht: Kummer, Freude, Liebe, Tod und Sexualität. Aber nicht indirekt, durch Worte oder

Bilder wie in Literatur und Malerei. Nein, in der Musik war alles unmittelbar. Darin liegt Trost, und das ist die Aufgabe der Kunst.

Wie kann das sein? Wie kann es sein, dass hunderttausende Menschen umgebracht werden, damit ein arabischer Tyrann an der Macht bleibt? Wie kann es sein, dass der General und seine schöne junge Frau ihre Töchter nicht aus Syrien holen können, weil ein bayerischer Politiker sich profilieren will? Der Kinderglauben der Menschheit besagte, dass es einen oder mehrere Götter gebe, die für die Belohnung des Guten und die Bestrafung des Bösen sorgten. Die Religion versicherte den Menschen, dass ihre Seelen unsterblich seien. Wenn dieser Glaube schwindet, was bleibt dann?

In der „Ilias" schildert Homer eine Welt ohne Moral. In Homers Welt gilt das Recht des Stärkeren. Wer sich mit Ruhm hervortun will, tut dies, indem er zeigt, dass er sich alles nehmen kann, was er begehrt: eine Tempelpriesterin, die Frau eines anderen, ein Dorf, eine Stadt. Unermüdlich schmähen sich die griechischen Krieger gegenseitig, indem sie den jeweils anderen als Mädchen bezeichnen – eigentlich ein Ritual zwölfjähriger pubertierender Jungen. Selbst der seit Urzeiten übliche Ausstausch zwischen Alt und Jung – die Jugend bringt die Gesellschaft durch Erneuerungswillen voran, das Alter gibt dafür Erfahrungswissen weiter – selbst dieser Austausch findet nicht statt. Der greise Nestor vor Troja ist kein bisschen weiser als die ihn umgebenden primitiven Krieger. Er redet dasselbe dumme pubertäre Zeug wie sie.

Auch die Unsterblichen in Homers Epen sehen sich keiner Moral verpflichtet. Göttervater Zeus unternimmt nicht den geringsten Versuch, seine Frau oder seine Kinder mit Fürsorge und Mitgefühl für sich zu gewinnen. Er regiert mit Gewalt und Terror und hält seine Familie in einem ständigen Zustand kriecherischer Unterwerfung.

Ein- bis zweihundert Jahre nach Homer kam der Gott Dionysos aus dem Osten nach Griechenland. Er versöhnte die Menschen mit der Last des Lebens durch rauschende Feste. Für Augenblicke entkamen die Anhänger des Dionysos der menschlichen Einsamkeit mit Wein und Liebesorgien. Die Herrscher versuchten, das Vordringen dieses Kultes zu verhindern, aber Dionysos gewann die Frauen für seine Sache und herrschte bald unumschränkt.

Zu Beginn des fünften vorchristlichen Jahrhunderts hatten die Griechen den Dionysos-Kult gezähmt. Die Satyrn mit ihren Masken und hölzernen Geschlechtsteilen lieferten mit ihren Burlesken nur noch das Schlussprogramm. Die neue Form der Lebensbewältigung bildete das Theater. Hier wurde erstmals praktiziert, wie noch heute Geschichten erzählt werden. Eine Person tritt auf und erzählt von ihrer Not. Dann berichtet sie, wie sie sich aus dieser Not befreien will und geht ab. Danach tritt ein zweiter Mensch auf und tut dasselbe. Nur ist seine Lösung den Plänen der ersten Person völlig entgegengesetzt. Beide haben für sich gesehen recht, aber die Gegensätzlichkeit ihrer Absichten macht eine katastrophale Konfrontation unausweichlich.

Die Griechen liebten den Wettstreit. Unermüdlich maßen sie einander im Faustkampf, im Wagenrennen und Bogenschießen. Auch das Theater war Wettbewerb. Drei Dichter traten bei den jährlichen Bühnenfestspielen gegeneinander an. Jeder von ihnen schickte eine Dramentrilogie ins Rennen, die eigens für diese Spielzeit geschrieben wurde und nur ein einziges Mal gespielt werden durfte. Von drei dieser Dichter sind insgesamt gut dreißig (von einstmals 300) Stücken erhalten. Sie alle kreisen um die eine Frage: Wie kann das sein?

Die Geschichte der griechischen Antike lässt sich mit drei verschiedenen Arten von Säulen veranschaulichen. Als erstes, um 500 vor Christus, gibt es die dorische Säule. Ihr Kapitell, also das Kopfteil zwischen Stamm und Dach, ist ein schliche rechteckige Platte. In der Blütezeit um 450 vor Christus wird die dorische von der ionischen Säule abgelöst. Sie hat die schnekkenförmigen Voluten zu beiden Seiten, die wie Ohren aussehen. Um 400 vor Christus etabliert sich die korinthische Säule, deren Kopf von einem steinernen Kranz von Blättern umgeben wird.

Das griechische Theater hat uns drei Autoren überliefert: Aischylos, Sophokles und Euripides. Für mich entspricht jedem der drei Dichter eine der drei Säulenformen: Aischylos steht für die dorische Säule der archaischen Welt. Sophokles repräsentiert die ionische, die klassische Form. Und Euripides weist wie die korinthische Säulenform bereits in die verspielte Richtung des Hellenismus.

Sie alle stellen sich die entscheidende Frage: Wie kann es sein, dass den Menschen so viel Unglück, so schreiendes Unrecht widerfährt? Aischylos ist altmodisch. Er vertraut darauf, dass es eine Form der göttlichen Gerechtigkeit gibt, die sich irgendwie – mitunter auf verschlungenen Wegen – durchsetzt. Sophokles dagegen ist ernüchtert. Er stellt fest, dass das Gute nicht belohnt und Böses nicht bestraft wird. Ihm bleibt nur die grimmige Gewissheit, dass unser menschliches Leid – ganz zu schweigen von den rasch vorüberhuschenden Momenten des Glücks – von kurzer Dauer ist.

Euripides war darüber empört. In seiner neuen Philosphie lehrte Sokrates doch auf den Plätzen Athens, dass das Böse nur aus Unwissen erwächst! Hätten die Menschen die volle Erkenntnis über die Welt, dann würden sie nur noch Gutes tun. Und wenn das Leben schon ungerecht ist, dann soll es zumindest in den Theaterstücken gerecht zugehen. In den Dramen des Euripides kommt kurz vor Schluss ein Gott auf einer Wolke herbeigeschwebt und wendet alles zum Guten. Das Happy End war erfunden.

Mich erinnern die drei antiken Dramendichter an drei deutsche Philosophen. Aischylos war wie Kant von der himmlischen Vorsehung und Gerechtigkeit überzeugt, hielt es aber für vermessen, wenn der Mensch sich einbildet, Gottes unerforschlichen Ratschluss zu verstehen. Sophokles war sich wie der grimmige Schopenhauer darüber im klaren, dass es auf dieser Welt alles Mögliche gibt, nur keine Gerechtigkeit. Euripides schließlich machte es wie Hegel: Er sperrte die Wirklichkeit in den Käfig seines Gedankensystems, dem zufolge jede Entwicklung unweigerlich Richtung Gerechtigkeit führte.

Bei Sophokles gibt es kein glückliches Ende. Am konsequentesten und gnadenlosesten schildert er das unausweichliche Verhängnis im Schicksal des König Ödipus. Diesem wird geweissagt, er werde seinen Vater töten und seine Mutter ehelichen. Darüber entsetzt flieht er aus seiner Heimat, so schnell und so weit wie möglich. Damit ermöglicht er allerdings erst die Erfüllung des Fluchs, denn die Mutter und der Vater, die er verlässt, sind nur seine Pflegeeltern. Seinen wahren Vater, den er nicht kennt, erschlägt er im Streit, und seine Mutter, die er ebenfalls nie gesehen hat, fällt ihm als Belohnung zu, als er Theben vor einer Seuche rettet.

Siegmund Freund hat dem König einen zweifelhaften Dienst erwiesen, als er seinen Ödipus-Komplex nach ihm benannte. Vielleicht trifft es ja auf Normalsterbliche zu, dass sie insgeheim wünschen, den Vater zu töten und die Mutter zu begehren. Bei der Geschichte des König Ödipus trifft das aber gerade nicht zu. Hätte er den geheimen Wunsch, seinen Vater zu töten und seine Mutter zu ehelichen, dann wäre sein Sturz nur die gerechte Strafe für sein Begehren. Damit aber wird die Geschichte völlig verdreht. Die schreckliche Konsequenz besteht ja gerade darin, dass Ödipus durch die Maßnahmen, die er ergreift, um die Erfüllung des Fluches zu verhindern, genau das Gegenteil erreicht. Das Schicksal lässt ihm keine Chance. Und all dies, obwohl Ödipus nie etwas Böses getan hat. Denn das ist ja der Kern des Dramas: Wie kann es sein, dass einem unschuldigen Menschen wie Ödipus solches Leid widerfährt? Die Stücke des Sophokles geben keine Antwort auf diese Frauge. Das schien das Publikum aber nicht zu stören. Hier der alte Krieger, der beim Kampf gegen die Perser zum Krüppel wurde, dort der Bauer, der sich verschuldet hat und nun der Sklave seines Gläubigers ist, drüben der Kaufmann, dessen geliebte Frau gestorben ist. Auf rätselhafte Weise schöpfen diese Menschen Trost daraus, dass wir alle irgenwie Ödipus, Antigone, Hamlet und King Lear sind.

Der Besuch in einem antiken griechischen Theaters würde uns modernen Menschen wenig Freude machen. Zwei, höchstens drei Schauspieler auf hochhackigen Plateauschuhen staksen auf die Bühne, die Gesichter hinter Gipsmasken verborgen, und sagen ihre Texte auf. Im Hintergrund stehen ein Dutzend Chormitglieder und kommentieren das Geschehen mit ihrem unisono Sprechgesang. Ab und zu meldet sich der Chorführer zu Wort und spricht seine Verse wie der Pfarrer bei der Messe in einem Singsang. Auf der Bühne wie im Publikum befinden sich ausschließlich freie Männer. Die Frauen und die Sklaven sind zuhause. Ein Altphilologe schrieb einmal, er halte es für wahrscheinlich, dass auch Frauen zuschauen dürften, schließlich seien sie auch Teil der Prozession zum Auftakt der Festspiele. Aber das kann nicht sein. Der Komödiendichter Aristophanes (der sich besonders gerne über Euripides lustig macht) lässt in seinem Stück „Der Frieden" einen Protagonisten zum Publikum sagen, jetzt habe jeder sein Fett abgekriegt. Als sein Gegenpart einwendet, die Frauen hätten nichts abbekommen, erwidert der Protagonist, die Frauen würden eben in der Nacht ihr Fett von den Männern abkriegen.
Beim Wettstreit der zweimal im Jahr stattfindenden Dionysosfeste traten drei Autoren gegeneinander an. Jeder von ihnen bestritt einen Tag lang mit einer Dramentrilogie und einem

Satyrspiel am Ende. Ein Stück dauerte etwa eineinhalb Stunden. Mit kurzen Pausen ging die Trilogie also etwa viereinhalb Stunden, gefolgt von einer kurzen Burleske. Diese Satyrspiele sind für uns heute vollkommen unverständlich. Eine Gruppe als Ziegenböcke verkleideter Männer mit hölzernen Penissen zappeln auf der Bühne herum und tun rätselhafte Dinge. Bei Aischylos wollen die Satyrn an dem Sportfest von Korinth teilnehmen und machen sich beim Ringen und Wettrennen lächerlich. Bei Sophokles suchen sie am Boden schnuppernd die Fährte der gestohlenen Rinder des Sonnengottes, da Apoll ihnen im Falle des Erfolgs die Freiheit versprochen hat. Es sind nur wenige Fragmente dieser Satyrspiele überliefert. Ein einziges ist vollständig erhalten: „Der Kyklop" von Euripides. Es unterscheidet sich vollkommen von den übrigen Satyrspielen. Es hat eine richtige Handlung. Odysseus bezwingt den einäugigen Riesen Polyphem und befreit dadurch die von dem Kyklopen gefangengehaltenen Satyrn. „Der Kyklop" ist nicht nur das einzig vollständig erhaltene Satyrspiel, sondern auch das einzig verständliche. Euripides hatte es wieder einmal besser machen wollen als alle anderen. Und er hat es vollkommen verdorben. Denn beim Satyrspiel geht es nicht um eine logische, nachvollziehbare Handlung. Das Satyrspiel ist – wie der Chor – ein Überbleibsel archaischer Zeiten, wo der „Bocksgesang" (Nietzsche übersetzt *Tragödie* auch mit „Mostgesang") noch eine trunken orgiastische Geisterbeschwörung war. Das Satyrspiel ist das Bindeglied zwischen der alten und der „neuen" Zeit, wo der Mythos vom Logos, die Götterwelt von der Naturphilosophie abgelöst wurde.

Wenn es keine göttliche Instanz gibt, die Böses bestraft und Gutes belohnt: warum dann gut sein? Religiöse Menschen behaupten, nach dem Tod werde der Mensch für seine Taten im Leben zur Rechenschaft gezogen. Das Neue Testament wird auch als „Die gute Nachricht" bezeichnet. Und in der Tat verkündet das Neue Testament eine gute Nachricht: Es gibt einen Gott, der über uns wacht und alle guten und bösen Taten vergelten wird. Nun gibt es zwei Möglichkeiten: Die gute Nachricht trifft zu oder sie trifft nicht zu. Wenn sie zutrifft, dann können wir erleichtert aufatmen. Alle Ungeheuerlichkeiten, die von Menschen an Menschen begangen werden, werden geahndet, und jeder Akt der Güte und des Mutes zahlen sich aus. Was aber, wenn die zweite Möglichkeit der Fall ist, dass nämlich die gute Nachricht nicht zutrifft?

Die Denkrichtung, die sich mit dieser zweiten Möglichkeit beschäftigt, heißt Existentialismus. Der Existentialismus lässt sich am besten durch das definieren, was er *nicht* ist: Der Glaube an eine außermenschliche ausgleichende Gerechtigkeit. Die Religion lehrt uns, dass böse Taten bestraft und gute belohnt werden. Die Erfahrung lehrt uns eher das Gegenteil: Niedertracht und Rücksichtslosigkeit zahlen sich aus. Und wer Gutes tut, bringt sich damit häufiger in Schwierigkeiten als dass er belohnt wird. Lehrt jetzt der Existentialismus, dass wir auf die Moral pfeifen sollen und nur das tun, was uns nützt? Nein, der Existentialismus lehrt das gleiche wie die Religion: tue Gutes und unterlasse Böses! Aber der Existentialist handelt aus anderen Motiven als der religiöse Mensch. Er tut Gutes nicht, weil er dafür Belohnung erwartet. Er tut Gutes, *obwohl* er weiß, dass ihm dies meist nichts, manchmal sogar Ärger einbringt. Er unterlässt das Böse, *obwohl* es ihm Vorteile verschaffen würde. So gesehen ist der Existentialist viel moralischer als der Gläubige: Der religiöse Menscht handelt moralisch, um seinen Kontostand im Jenseits aufzubessern. Der Existentialist handelt einzig und allein deshalb moralisch, weil dies das *Richtige* ist. Nichts gereicht dem Existentialismus zu größerer Ehre als die Tatsache, dass er in islamisch dominierten Ländern als Straftat gilt.

Die Geschichtsschreibung erzählt von dem, was geschehen ist. Die Dichtung erzählt von dem, was geschehen *könnte*. Deshalb ist ist die Dichtung wichtiger als die Geschichtsschreibung. Das könnten von mir sein, ist aber von Aristoteles. Das, was geschehen ist, bezieht sich auf Personen der Geschichte, die Vergangenheit. Die Dichtung handelt von dem, was uns allen widerfahren könnte oder widerfahren ist, unabhängig von der Zeit. Die Theateraufführung hat die Aufgabe, Gefühle in uns zu wecken.

In den zwanziger Jahren schickte Bertolt Brecht sich an, das Theater zu revolutionieren. Er nannte sein Theater das nicht-aristotelische, weil es seine Absicht eben nicht war, das Publikum emotional zu bewegen. Anstatt sich in den Fluss der Erzählung zu werfen und sich treiben zu lassen, sollten die Zuschauer ständig daran erinnert werden, dass sie Zeugen einer Theateraufführung seien und eine kritische Distanz zum Geschehen auf der Bühne zu wahren hätten. So wie Euripides das Drama neu erfinden wollte, so wollte Brecht das Theater neu erfinden. Und so wie Euripides das Drama stattdessen ruinierte, so tat es Brecht. Das Mitfiebern mit den Protagonisten ist nicht ein Makel des Theaters, sondern seine Voraussetzung. Ein Schauspieler hat eine Minute Zeit, sein Publikum zu gewinnen, also den Zuschauer von Anfang an davon zu überzeugen, dass die Holzbretter des Bühnenbodens der Strand bei Hastings oder Kreons Palast in Theben sind. Nicht-emotionales Theater ist soviel wert wie nicht-heilende Medizin.

Ein Kollege bei uns heißt der Trompeter. Er redet nicht, er schreit. Er möchte unbedingt mit anderen Menschen reden, aber weil er schreit, will niemand mit ihm reden. Eigentlich ein tragischer Fall: Je mehr er sich bemüht, in Kontakt mit den Kollegen zu kommen, desto mehr ziehen diese sich zurück. Auch ich. Als er sich einmal an Dilan versuchte, machte Dilan ihn so zu Schnecke, dass er sich ein paar Tage nicht im Lehrerzimmer blicken ließ. Nun steckt er wieder die Nase durch die Tür. Dilan und Marietta sitzen mit ihren Pausenbroten am Tisch, und ich hole Stifte aus meinem Spind.

Ich weiß nicht, was in mir vorgeht. Mitleid? Aber in einer spontanen Regung wende ich mich an ihn und frage ihn nach seiner Meinung über einen widerspenstigen Schüler. Im gleichen Augenblick begreife ich, dass ich einen Fehler gemacht habe. Der Trompeter reißt erst die Augen, dann den Mund auf und beginnt zu schreien. Ich schließe eilig meinen Spind und gehe aus dem Lehrerzimmer. Ich eile den Flur entlang, hinter mir der Trompeter, und sage: "Jaja, ach wirklich?" Schließlich flüchte ich in den Unterrichsraum, in dem die Araber Radio hören und mich verwundert anschauen. Ich tue so als würde ich etwas in meinen Unterlagen suchen. Nach einer Minute schleiche ich durch den Flur ins Lehrerzimmer zurück. Dilan und Marietta sitzen unverändert da. Dilan starrt mich an.

„Was war denn das?", will sie wissen.

Ich weiß nicht recht zu antworten und stammle eine Entschuldigung.

„Was war denn das?", wiederholt sie. Ich weiß nichts mehr zu sagen und schaue sie nur an.

„Was bin ich eigentlich für dich?", fängt sie an. Ihr Gesicht soll zornig wirken, aber ihre Augen strahlen mich an. In gespielter Wut haut sie mit ihrer Faust auf den Tisch, ohne auf Marietta zu achten, die uns irritiert anschaut.

„WAS BIN ICH EIGENTLICH FÜR DICH? SAG MIR DAS MAL!"

Ich sage nichts und blicke nur weiter in ihr strahlendes Gesicht.

In der Ruhmeshalle der deutschen Literatur des 20. Jahrhunderts stehen Hermann Hesse und Thomas Mann nebeneinander. Es ist eigenartig, aber mir scheint, das Denkmal von

Thomas Mann ist ein paar Zentimeter höher als die Statue Hesses. Es ist wie bei dem Denkmal von Schiller und Goethe in Weimar: Goethe ist ein wenig größer gemacht worden als er war, Schiller dagegen etwas kleiner. Damit drückt sich aus, dass die allgemeine Wertschätzung Goethes höher ist als die Schillers. Auch die Wertschätzung Thomas Manns scheint mir größer zu sein als die Hermann Hesses. Ich vermag nicht zu sagen, warum Goethe und Thomas Mann höher geschätzt werden als Schiller und Hermann Hesse. Ich vermag nur zu sagen, warum *ich* Hesse mehr schätze als Mann.

Der Leser kann sich durch sämtliche Romane Thomas Manns graben und wird dort viele intelligente Überlegungen über die Menschen und die Welt finden. Aber er sucht dort vergebens, was jeden einzelnen Roman Hesses prägt: die Frage danach, welche Bestimmung ich oder jeder andere Mensch in dieser Welt hat. Thomas Mann schreibt in dem Bewusstsein, „dass man auf die letzten Fragen ja doch keine Antwort wisse." Er hat dies in Bezug auf Tschechow geäußert, aber ich bin sicher, er hat auch sein eigenes Schaffen gemeint.

Ich widerspreche Thomas Mann. Es ist nicht wahr, dass wir auf die letzten Fragen keine Antwort haben. Es ist nur so, dass wir auf die letzten Fragen keine *endgültige* Antwort finden. Wir kommen allenfalls zu einer *vorläufigen* Antwort. Und diese vorläufige Antwort durch eine andere zu ersetzen oder sie zu variieren oder zu vertiefen, diesen Prozeß betrachte ich als das Denken über das eigene Dasein, das ich um nichts in der Welt missen möchte.

Wenn ich Leuten von meinen Gedanken über mein Leben, seinen Sinn und Unsinn erzähle, passiert es mir manchmal, dass die Angesprochen mich ratlos anschauen. Dann schrecke ich auf und überlege, ob ich nach einem Glas Wein zuviel vielleicht etwas Dummes gesagt habe. Mitunter ernte ich sogar missbilligende Blicke. So als ob es ungehörig sei, sich über solche Dinge Gedanken zu machen. Dann weiß ich, dass ich Sinnsucher auf Menschen getroffen bin, die keine Sinnsucher sind.

Der Tempel der Kultur ist verlassen. Niemand interessiert sich für das, was Dichter, Maler und Komponisten in Jahrtausenden geschaffen haben. Wie ein Museumswärter laufe ich durch die verwaisten Hallen und fahre mit dem Staubwedel über die Büsten von Sophokles, Beethoven und Schopenhauer. Das nehme ich sehr ernst, denn wenn wieder Zeiten kommen, in denen der Tempel der Kultur wieder besucht wird, soll alles in guter Verfassung sein. Bis dahin stöbere ich in meiner Schatzkammer herum, ziehe den Beowulf aus dem Regal, finde etwas darin, das mir zuvor entgangen war, stelle den Band zurück und kann gar nicht fassen, mit welchen Reichtümern ich gesegnet bin.

Es ist soweit. Die Vorstellung beginnt. Als die Glocke zum dritten Mal ertönt, haben wir alle Platz genommen. Heute Abend wird Hamlet gegeben oder König Ödipus oder die Walküre oder Antigone. Wir werden von der Woge erfasst und lassen uns treiben. Wir suchen den Heiligen Gral, wir lieben die Tochter Capulets. Der Kummer, der da auf der Bühne passiert, ist unser Kummer. Aber er ist bereits unendliche Male von anderen Menschen erlitten worden und wird noch unendliche Male von den kommenden Menschen erlitten werden. Und auf rätselhafte Weise versöhnt uns diese Gewissheit mit unserem Kummer. Auf den Brettern stirbt König Lear, das Gretchen und Siegmund, so wie wir sterben, ohne erreicht zu haben, was wir zu erreichen begehrt haben. Wir sehen Romeo und Julia oder Krieg und Frieden. Wir suchen das Glück und finden nur Kummer und Tod. Aber auf merkwürdige Art ist das in Ordnung und gut so. Gescheitert und versöhnt sinken wir dahin: für den Augenblick geheilt. Aber im nächsten Leben! Im nächsten Leben wird es gelingen...

54

4. Wir Philologen

Als ich neunzehn war, las ich den „Ulysses" von James Joyce. Das ist ein entsetzlich langweiliges Buch. Warum tat ich mir die Qual an? Die Antwort ist bestechend einfach: Ich war felsenfest davon überzeugt, der kommende James Joyce zu sein. Das ist natürlich vollkommen irrsinnig. Und gleichzeitig ist es überhaupt nicht irrsinnig, sondern völlig vernünftig. Man kann unmöglich jung sein und nicht daran glauben, der kommende James Joyce zu sein. Zur gleichen Zeit hatte ich mir vorgenommen, Samuel Beckett in Paris zu besuchen. Ich spreche kein Französisch, ich hatte keine Idee, wie ich an die Adresse kommen sollte, und selbst im unwahrscheinlichsten Falle, dass ich einmal Gelegenheit hätte, ihm gegenüberzustehen, würde ich wohl kaum gewusst haben, was ich ihm sage. Trotzdem halte ich es für wichtig, dass ich mit neunzehn den festen Vorsatz hatte, Samuel Beckett in Paris zu besuchen.

Das Studienfach Germanistik ist überfüllt mit jungen Leuten, die dort eigentlich nichts zu suchen haben. Es handelt sich um Verlegenheitskandidaten, die nicht wissen, was sie tun sollen. Wären sie begeisterte Mathematiker oder Chemiker, würden sie Mathematik oder Chemie studieren. Da sie sich für nichts interessieren, aber (leidlich) lesen und schreiben können, wählen sie das Studium der Germanistik. Im Studium der Mathematik oder Chemie werden Scharlatane sofort entdeckt und aussortiert. In den Geisteswissenschaften aber hat sich eine Blendersprache etabliert, mit der die Scharlatane ihre fehlende Substanz hinter tiefsinnig klingendem Gewäsch tarnen können. Sie durchlaufen die Semester, ohne wirklich etwas zu lernen, und schließlich geben die genervten Professoren ihnen den gewünschten Abschluss, einfach um sie loszuwerden. Bis es soweit ist, sitzen Literaturstudenten, die sich nicht für Literatur interessieren, in den Seminarräumen und schweigen. Wenn der Professor sie zur Mitarbeit auffordert, glotzen sie verständnislos. Wieso sollten sie sprechen? Das soll doch der Professor machen, schließlich wird er dafür bezahlt.

So saß ich unter lauter desinteressierten Kommilitonen und erinnerte mich daran, worüber meinVater einst geklagt hatte. Dieser war aus Liebe zum Theater Schauspieler geworden und musste feststellen, dass seine Kollegen sich nicht für Schiller und Shakespeare interessierten, sondern für Frikadellenbrötchen und Bier.

Dilan schleicht im Lehrerzimmer um mich herum. Sie hat ihren Schnorrerblick.

„Sag mal, kann ich dich was fragen?", schnurrt sie.

„Na klar!"

Sie kommt mit allem zu mir: ob sie einen Stift braucht oder eine Auskunft. Sie fragt mich, wann die Ferien enden und wie sie die Bücher bestellt. Ich helfe ihr bei ihrer Steuerschätzung oder bei der Prüfung eines Stellenangebots einer anderen Schule. „Aber nur, wenn es dir nichts ausmacht", haucht sie.

Als ich Kind war, wollte ich das, was alle Kinder wollen: Süßigkeiten. So oft und in so großer Menge wie es eben ging. Allerdings gab es eine Begrenzung: Das Taschengeld reichte nur für etwas. Außerdem verboten die Erwachsenen, zuviel Süßigkeiten zu essen.

Eines Tages fragte ich meinen Vater: Wenn die Erwachsenen das Sagen haben und über unbegrenzte Finanzmittel verfügen, warum nutzten die Erwachsenen ihre Macht und ihr Geld nicht, um sich Unmengen von Süßigkeiten zu verschaffen? Mein Vater antwortete: „Du wirst in ein Alter kommen, wo es mehr Freude bereitet, Schokolade zu verschenken als zu bekommen."

Dilan steht vor mir und wiegt entschuldigend die Schultern.

„Es macht mir nichts aus", versichere ich.

Sie begreift nicht, dass sie mir mehr Freude bereitet als ich ihr. Das mit der Schokolade erzähle ich ihr nicht.

Ich kann mich an drei Reaktionen auf meinen Studienwunsch Germanistik erinnern. Die erste in der Armee. Ich war in die Stube des Feldwebels gerufen worden, weil er einen Brief schreiben musste und Hilfe bei der Rechtschreibung benötigte. Er fragte mich, was ich nach meinem Wehrdienst machen wolle. Studieren. Da ich nicht wusste, ob er das Wort Germanstik kannte, sagte ich korrekt: Deutsche Sprache und Literatur. „Das ist ja ein Ding!", meinte der Feldwebel. „Und was machen Sie nach dem Studium? Machen Sie einen Buchladen auf?"
Die zweite Rückmeldung bekam ich am Fließband. Ich sortierte in den Semesterferien Ketchup-Flaschen in Sechser-Kartons, mit jeder Hand jeweils drei heiße Flaschenhälse greifend. Neben mir arbeitete eine junge Frau, die wissen wollte, ob ich noch etwas anderes machen würde als Leiharbeit. Ich sagte, ich studiere Germanistik. Sie glotzte mich entsetzt an. „Ist das Goethe und so...?" Die Vorstellung, den Rest ihres Berufslebens am Fließband schreckte sie nicht. Aber der Gedanke an Literatur erfüllte sie mit Entsetzen.
Beim nächsten Fließband-Job ging es um Parfüm-Fläschchen. Es gab außer mir dort nur zickige junge Weiber, die mich hassten. Ein ältere Ausländerin mit Kopftuch hatte mich allerdings ins Herz geschlossen. Sie gab mir einen Apfel oder ein Brötchen und sprach mir aufmunternd zu. „Was du Beruf machen?" Das Wort Germanistik ließ sie nur die Stirn runzeln. Ich überlegte, wie ich es erklären könnte. Ein paar von uns studierten auf Lehramt. Das tat ich nicht, aber mir fiel keine bessere Umschreibung ein. „Damit kann man Lehrer werden", sagte ich. Sie schaute mich mit großen Augen an. „Lehrer", murmelte sie ehrfürchtig.

Als der Parfüm-Job beendet war, überreichte mir die Vorarbeiterin eine Pralinenschachtel. Sie bemerkte zum Abschied, wie erfreulich die persönliche Zusammenarbeit gewesen sei. Das war so unverschämt verlogen, dass ich unwillkürlich den Mund verzog. Meine Grimasse ließ das Gesicht der Vorarbeiterin sich ebenfalls verzerren. Ich nahm die Pralinen und machte mich davon.

Ich war schon am Ausgang der Halle, als die Frau mit dem Kopftuch mich sah und mir nachrief: „Du gehst deinen Weg! Bis ganz oben! Bis Lehrer!"

Da ich bei der Beschäftigung mit Literatur immer wieder auf Schopenhauer und Kierkegaard stieß, schien es mir sinnvoll, Philosophie im Nebenfach zu wählen. Auch Nietzsche – für den ich mich damals nicht interessierte – tauchte in der Germanistik immer wieder auf. Zu meiner Verwunderung stand Nietzsche ebenso wenig auf dem Lehrplan der Universitätsphilosophie wie Schopenhauer und Kierkegaard. Alle drei schienen aus den Seminarräumen verbannt zu sein. Ausgerechnet das Denken, in dem am tiefsten über unser Dasein, seine Schrecken und seine Hoffnungen nachgedacht wurde, war kein Thema. Ich wurde darüber belehrt, dass es nicht Aufgabe der Universitätsphilosophie sei, über Sinn und Unsinn des Lebens nachzudenken. Die Aufgabe der Universitätsphilosophie sei es, philosophische Gedankengebäude der Vergangenheit, vornehmlich Hegel, Fichte und Schelling, auf ihre Stimmigkeit zu überprüfen. Wohlgemerkt nicht auf Stimmigkeit mit der Wirklichkeit, sondern Stimmigkeit innerhalb der eigenen Logik. Ein Wahnsystem ist eine vollkommen akzeptable Angelegenheit, vorausgesetzt es handelt sich um einen in sich kohärenten Wahnsinn.

Was die Dozenten aber vollends empörte, war die Idee, Sinn und Zweck der Universitätsphilosophie zu hinterfragen. Alles, wirklich alles durfte hinterfragt werden. Nur nicht Sinn oder Unsinn der Universitätsphilosophie.

Den Satz der Identität lautet:

A = A

Martin Heidegger ist ein in der Universitätsphilosophie hochgeachteter Denker (im Gegensatz zu Schopenhauer). In einem dreiviertelstündigen Vortrag befasst Heidegger sich mit dem Satz der Identität. Dass ein A ein A ist, weiß jedes Kind. Dazu muss man nicht Philosophie studiert haben. Heidegger jedoch argumentiert, dass der Satz in seiner „herkömmlichen" Lesart eine Tautologie sei. Mit erhabenen Worten und ein bisschen Altgriechisch und Latein führt Heidegger die Zuhörer zu seiner eigenen Lesart, dass es nämlich einen fundamentalen Unterschied zwischen dem ersten A und dem zweiten A gebe. A ist also nicht A. Das A links vom Gleichheitszeichen sei identisch mit sich selbst. Das A rechts vom Gleichheitszeichen sei gleichfalls mit sich identisch. Das A links vom Gleichheitszeichen unterscheide sich aber durch unerforschliche Abgründe des Seins vom A rechts des Gleichheitszeichens.
Und daraus lese ich die zweite große Aufgabe der Universitätsphilosophie: Den Leuten wie im Sprichwort ein X für ein U vorzumachen.

Rückblickend frage ich mich, ob die Leute, mit denen ich Germanistik studiert habe, wirkliche Menschen waren, oder Gespenster in menschlichen Hüllen. Im Seminar über Mittelalterliche Literatur saß eine Kommilitonin, sehr schlank, sehr blass, feuerrot gefärbte kurze Haare. Mir gefiel, wie sie sich über den behäbigen Dozenten empörte, der sein fürstliches Professorengehalt ganz offensichtlich damit verdiente, dass er seit dreißig Jahren dieselben Texte vortrug – so wie ein Reiseführer, der seinen auswendig gelernten Text unzählige Male wiederholt.

Sie war Feministin, aber damals war ich toleranter. Es gelang mir allerdings nicht, ihr näherzukommen, da sie mich auf freundlicher Distanz hielt. Jahre später begegnete ich ihr bei einem Bewerbungsgespräch in Bonn. Es ging um ein kleines aber feines Politikmagazin, das einen Redakteur suchte. Mir gegenüber saß ein freundlicher älterer Herr und meine ehemalige Kommilitonin. Ihre kurzen Haare waren nicht mehr rot sondern mausbraun. Abgesehen davon hatte sie sich nicht verändert. Sie ließ sich nicht anmerken, dass sie mich kannte. Vergessen haben konnte sie mich kaum. Wenn man zu zehnt ein Semester lang mit dem „Eneas"-Roman Heinrichs von Veldeke zusammensitzt, merkt man sich die Gesichter der anderen. Ich hielt das für eine Interview-Strategie. Vielleicht befürchtete sie, es würde die Objektivität des Gesprächs beeinträchtigen.

Als ich mich verabschiedete, hatte noch immer keiner von beiden etwas über unsere Bekanntschaft gesagt.

„Wir haben zusammen studiert", stammelte ich schließlich.

Sie schaute mich mit kaltfreundlichem Gesicht an. „Das kann sein."

Ich sitze im Zug nach Frankfurt am Main. In meinen zitternden Händen halte ich die Einladung eines Verlags, der Interesse an meinem Manuskript hat.

Mit sechzehn hatte ich angefangen zu schreiben. Schreckliches Zeug, nachts heimlich im Kaffeerausch in eine Reiseschreibmaschine gehackt. Als die Mutter sich über mysteriöse Stampfgeräusche beschwerte, legte ich ein Kopfkissen darunter. Eines Tages gab ich es meinem Vater. Was für ein Alptraum: seinem Vater das Geschriebene zu lesen zu geben und auf Antwort warten! Er wand sich dann raus. Sprach unverbindlich freundlich. Als ich nachbohrte, behauptete er, das könne er ja gar nicht beurteilen. Er sei doch als Vater viel zu parteiisch.

Später las ich dann in seinem Tagebuch:

L's Manuskript zuende gelesen. Kann wirklich – zu meinem Bedauern – wenig dran finden. Es ist ein Sammelsurium tagebuchähnlicher Aufzeichnungen.

Zweimal im Text blitzte mich was an: als er einen Stubengenossen beim Vorgesetzten verpetzt und als er unter der Dusche den Ausschlag an seinen Beinen sieht.

Ansonsten: Weltschmerz und Mädchenmangel. Wär ich nicht der Vater, ich nähme keinen Anteil.

Und nun lag ein Brief auf dem Küchentisch: Ein angesehener Verlag in Frankfurt am Main würde sich freuen, mich kennenzulernen. Mich traf fast der Schlag.

Ich muss Frankfurt Südbahnhof aussteigen und ein paar Schritte laufen. Ich stehe vor einem Hochhaus und lege den Kopf in den Nacken. Ich gehe durch eine Glastür. Der Pförtner ruft oben an. Er nickt. Im vierzehnten Stock. Oben wartet der Verleger auf mich. Ein großer, freundlicher, gutaussehender Mann im Anzug. Er führt mich in sein Büro, stellt mich der Sekretärin und der Praktikantin vor. „Nein", sagt er am Schreibtisch, „Ich bin nicht der Verleger. Der Verleger ist mein Chef. Ich bin Lektor." Ich wusste nicht, dass es so etwas gibt.

Wir gehen Essen. Der Verlag zahlt die Fahrt und das Restaurant. Ein netter Verlag. Der Lektor plaudert über berühmte Schriftsteller, mit denen er schon zu tun hatte. Der ist ein wirklich netter Kerl, der andere ist ein echtes Arschloch. Bei der Konferenz muss jeder Lektor sein Projekt durchsetzen. Tja, und manchmal macht dann einer einen Freundschaftsdienst, so wie die eine Kollegin neulich, oder einer, der dem Verleger nahe steht, wird gedruckt. Obwohl der nichts taugt. So was passiert.

Der Lektor isst ein Risotto, das seine Unterlippe gelb verfärbt. Meine Ohren glühen. Ich bin dabei. Ich bin ein Eingeweihter. Ich bin mit meinem Verleger, nein, Lektor beim Essen. Er erzählt von seinem kleinen Sohn.

Ach ja, und das Manuskript müsse noch mal umgearbeitet werden. „Wissen Sie, mein Lehrmeister Marcel Reich-Ranicki sagt immer: Ein Roman hat 200 Seiten." Also von 129 Seiten auf 200. Und dann seien da noch so ein paar moderne Mätzchen. Natürlich, wir sind ja auch der Verlag von Arno Schmidt. Aber das scheint doch eher überflüssig zu sein, den Erzählstrom störend. Eine Seite, die aussieht wie eine Partitur von György Ligeti. Das wird angepasst, einem großes Verlagshaus mit einer großen Leserschaft entsprechend. Danach sieht die Seite ganz normal aus, wie bei Max Frisch.

„Wissen Sie", sagt der Lektor einmal, „die Aufgabe der Literatur ist, den Leser auf anspruchsvolle Art zu unterhalten."

Die Sache zieht sich hin. Ich studiere weiter. Auch die zweite Fassung soll überarbeitet werden. Zu viele Adjektive. Alles Überflüssige entfernen. Max Frisch eben.

„Wissen Sie, ein französischer Herrscher soll zu seinem Sekretär gesagt haben: ‚Sie dürfen eigenmächtig die wichtigsten Entscheidungen treffen. Aber jedes Mal, bevor Sie ein Adjektiv benutzen, müssen Sie mich um Erlaubnis fragen!' Verstehen Sie? Das Adjektiv ist der Feind des Substantivs."

Die dritte Version ist abgeliefert. Ich werde ungeduldig. Warum meldet er sich nicht? Irgendwann der Brief.

Wir sollten das ganze Konzept noch mal neu überdenken.

Ich schreibe einen tobsüchtigen Brief. Ein Kommilitone gibt mir zu bedenken, dass solche Briefe besser eine Nacht lang liegen bleiben sollten. Am Morgen zerreiße ich den Brief und schreibe einen neuen, kühl und stolz.

In der folgenden Zeit sagen mir Freunde, ich wäre ein Idiot. So etwas macht man nicht mit einem großen Verlag, selbst wenn man im Recht ist. Später erniedrige ich mich soweit, auf das Angebot einzugehen, dass mir der Lektor zum Abschied gemacht hatte.

Wenn Sie mal etwas Neues haben, finden Sie in mir einen aufgeschlossenen Leser.

Ich hätte es mir sparen können. Die Ablehnungen werden immer sehr vage begründet. Die Sprache würde ihm nicht gefallen. Ihm sei eine lebendige Sprache wichtig.

Eine lebendige Sprache halt.

Was eine lebendige Sprache ausmacht, erklärt er mir nicht. Zwölf Jahre später erscheint mein Debüt, eine schmale Erzählung, in einem Kleinverlag in Berlin. Meine Ex-Freundin hat dort gearbeitet. Anschließend finde ich eine Agentur, die bereit ist, mich zu vertreten. Ich sitze meiner Agentin in ihrem Münchner Büro gegenüber. Sie lässt sich die Frankfurter Geschichte in aller Ausführlichkeit erzählen.
„Warum, glauben Sie, hat er Ihren Roman nicht genommen?", will sie schließlich wissen. Ich zucke mit den Achseln.
„Junger Mann, Sie selbst haben mir doch gerade erzählt, wie das abläuft! Der Lektor hat bei der Verlagskonferenz Ihr Projekt nicht durchsetzen können. Und anstatt Ihnen das zu sagen, hat er Sie hingehalten."

Mein Vater hatte zwei feste Überzeugungen: ein Mann, der eine Frau will, bekommt auch eine. Und: Wer Arbeit finden möchte, findet auch Arbeit. Meine Ankündigung, dass sich mein Arbeitsbeginn aufgrund des Studiums möglicherweise verzögern könnte, bis ich dreißig bin, löste Entsetzen bei ihm aus. Er rief den Wirt des Griechen, bei dem wir nach der Vorstellung manchmal Essen gingen. „Jesus!", sagte er. (Das war der Name des Wirtes.) „Hast du gerade meinen Sohn gehört? Mit dreißig anfangen zu arbeiten!"

Zur Erleichterung meines Vaters begann ich schon mit achtundzwanzig zu arbeiten. Nach dem Studium hatte ich in ganz Deutschland herumtelefoniert und schließlich ein Zeitungspraktikum bekommen. Es führte mich in das brandenburgische Nauen, eine halbe Zugstunde von Berlin. Der Name Nauen kam mir gleich merkwürdig vor, da er sich auf „Grauen" reimt – zu recht, wie sich herausstellte. Ich stieg aus der Regionalbahn und lief durch die Straßen eines völlig kaputten Ortes. Der Asphalt war durchbrochen, hier war die Wand eines verlassenen Gebäudes eingestürzt und niemand schien es für nötig zu halten, das aufzuräumen. Dort starrten mich mit Brettern vernagelte Fenster aus niedrigen Baracken blind an. Genauso zugerichtet schienen die Menschen. Stumm und scheu schlichen sie durch die Gassen, ein Misstrauen verbreitend, dass sich mit Händen greifen ließ. Fünf Jahre zuvor war die Mauer gefallen, aber was immer die vergangenen fünf Jahre mit diesem Ort gemacht hatten, es war nichts Gutes.

In der Redaktion traf ich eine zukünftige Kollegin. Sie kam aus Bonn und machte bei dem Konzern, zu dem das Blatt gehörte, gerade ihr Volontariat. Es war auch für sie ihr erster Tag in Nauen, und was sie auf dem Weg hierher gesehen hatte, ließ ihre schönen braunen Augen sich vor Entsetzen weiten, dass sie so groß waren wie Fünf-Mark-Stücke.

In der Zeitung gibt es eine Hierarchie: Der Politikteil, das Ressort Inland, steht ganz vorn. Dann kommt Wirtschaft, Sport, irgendwann Kultur und ganz am Ende das Ressort Lokales. Der Lokaljournalismus ist der am niedrigsten geachtete und bezahlte. Das ist ungerecht, denn gleichzeitig ist der Lokalteil der schwierigste und der wichtigste. Der wichtigste, weil die Leute sich eine Zeitung kaufen, um zu erfahren, was vor ihrer Haustür passiert. Was der US-Präsident auf seiner Reise nach Japan gesagt hat, kann man auch in jeder anderen Zeitung lesen. Und der schwierigste aus zwei Gründen: Ein Lokaljournalist muss sich fast jeden Tag mit einem völlig neuen Thema befassen: dem Zuschnitt der Bezirke, dem Bebauungsplan eines neuen Stadtgebiets, dem Treffen des Abwasserverbandes Havelland. Und während der US-Präsident sich nicht persönlich beim Politikredakteur beschweren wird, wenn dieser ihn falsch zitiert – der Vorsitzende des Abwasserverbandes Havelland greift zum Hörer, wenn in der Berichterstattung etwas nicht stimmt. So wie in meinem Fall.

Der Präsident des Abwasserverbandes Havelland ist gleichzeitig Bürgermeister von Tremmen. Wir sitzen in seinem Trabanten, und er erzählt, er habe noch große Pläne, sei erst achtundzwanzig Jahre alt und wolle ja schließlich nicht als Bürgermeister von Tremmen enden. Ich finde es äußerst respektabel, Bürgermeister einer Kleinstadt zu sein, zumal ich selbst auch achtundzwanzig bin und es gerade mal zum Praktikanten eines brandenburgischen Lokalblattes gebracht habe.

Er bietet mir eine Zigarette an und wir rauchen. „F6 ist die einzige Marke, die keine chemischen Zusätze hat", sagt er.

Dann erläutert mir der Bürgermeister von Tremmen die Situation des Abwasserverbandes Havelland, die Probleme, die ein Flächenland wie Brandenburg von den Gegebenheiten einer dicht besiedelten Region wie Berlin unterscheidet. Und während er mir das alles sorgfältig darlegt, stellt sich heraus, dass mein gestriger Artikel von der ersten bis zur letzten Zeile völlig ahnungsloser Unsinn ist. Er sagt das nicht wütend. Er wolle nur dafür sorgen, dass künftig in vernünftiger Art über das Thema berichtet wird.

Wir verabschieden uns mit Handschlag. Als ich aussteige, schaut er neugierig, ob ich in der Lage bin, die Tür eines

Trabbis von innen zu öffnen. Die Westdeutschen haben damit meist ein Problem. Aber diesen Test bestehe ich. Immerhin.

Ich arbeitete mich als freier Lokaljournalist von der Peripherie zum Zentrum durch. Es gelang mir, Aufträge im Hauptteil der Zeitung, in Potsdam, zu bekommen. Potsdam gefiel mir. Die Stadt und ihre Bewohner hatten nicht diese Berliner Großkotzigkeit. Die Menschen waren bescheiden und freundlich. Ich lernte Karoline kennen, die einzige Frau, mit der ich in meinem Leben eine mehrjährige Liebesbeziehung hatte. Ab und zu besuchten wir ihre Mutter in deren kleinen Dachwohnung in der Feuerbachstraße. Auf dem Weg vom Bahnhof zur Innenstadt nickte ich den Potsdamern verschwörerisch zu. Der Ort war mir nicht mehr fremd. Ich war jetzt ein Teil von ihm.

Es gelang mir, eine der Berliner Tageszeitungen als regelmäßige Auftraggeberin zu gewinnen. Das war mein Sprungbrett. Ich war in der Hauptstadt angekommen und bereitete meinen wichtigsten Schritt vor: den Wechsel vom Lokalen ins Feuilleton. Ich hatte Germanistik und Philosophie nicht studiert, um über das Bohnsdorfer Gartenfest zu berichten. Bei einem kleinen linken Blatt hatte ich Erfolg. Ich sollte ein dreimonatiges Praktikum im Kulturteil absolvieren und hätte anschließend – wenn ich mich bewähren sollte – die Möglichkeit, auf Zeile bezahlt zu schreiben. Ich erschien pünktlich in den Redaktionräumen am Treptower Park, nur um zu erfahren, dass jenes Praktikum versehentlich doppelt vergeben worden war. Mein Platz war bereits von jemand anderem besetzt. Ich wollte gerade verzweifeln, als der Chefredakteur achselzuckend entschied, ich würde mein Praktikum dann eben im Ressort Inland absolvieren.

„Inland" bedeutet im Journalismus: Politik. Und Politik bedeutet in einem linken Blatt alles. Ich verfiel in Panik. Wie sollte ich denn auf einem Gebiet arbeiten, in dem ich mich gar nicht auskannte? Doch es sollte sich herausstellen, dass alles halb so schlimm war. Tatsächlich hatte ich während meiner ganzen bisherigen Laufbahn die ganze Zeit auf einem Gebiet gearbeitet, von dem ich keine Ahnung hatte. So schlecht angesehen das Lokale war, so schwer war es. Im Ressort Politik war es umgekehrt: So angesehen es war, so leicht war es. Es ging um Meinungen. Jeder Idiot konnte eine Meinung haben: Über den Bundeskanzler, über die Westbindung, über die Europäische Union...

Wenn ich es recht in Erinnerung habe, schlug ich mich ganz wacker. Nach dem Praktikum kam die freie Mitarbeit, und während der freien Mitarbeit die verheißungsvolle Stellenausschreibung eines Redakteurs für das Ressort Inland. Ohne große Hoffnung bewarb ich mich.

Zu den Frauen, die ich zu überirdischen Wesen zählte, die weit außerhalb meiner Reichweite lagen, zähle ich Isabel Walter. Sie war hochgewachsen, hatte spanische dunkle Augen, langes schwarzes Haar und leitete das Ressort Wirtschaft. Ihr Lebensgefährte war der beste Schreiber des Feuilletons. Während ich nach Abschluss des Praktikums beschäftigungslos auf eine Entscheidung wartete, begegnete ich den beiden auf einem Pressefest.

„Hei", sagte sie, als sie mich erkannte.

„Hei", gab ich zurück.

„Setz dich doch zu uns", sagte sie.

Unsicher kletterte ich auf einen freien Barhocker. Ich hatte Isabel Walter sonst nur aus einigen Metern Entfernungen bei den Readaktionssitzungen heimlich angehimmelt. Und nun sollte ich mich zu ihr und ihrem gutaussehenden und erfolgreichen Freund setzen und Konversation machen.

„Das mit deiner Bewerbung sieht ganz gut aus", sagte Isabel.

„Das freut mich", sagte ich.

„Was hast du eigentlich vorher gemacht?", wollte sie wissen.

Nun bin ich nicht so dumm, andere Leute damit zu langweilen, stundenlang meine Lebensgeschichte auszubreiten. Ich antwortete kurz und prägnant und kehrte den Spieß um. Es interessierte mich wirklich zu erfahren, wie eine erfolgreiche Wirtschaftsstudentin aus dem Rheinland zu einer linksradikalen Zeitung gekommen war. Sie freute sich über meine Neugier und erzählte, während mein Herz immer schneller schlug und das Gesicht ihres Freundes immer länger wurde.

„Ich bin übrigens auch noch da", sagte der Freund.

Isabel drehte sich zu ihm und zog verwundert die Augenbraue in die Höhe. Ich nahm die Gelegenheit wahr, mich von den beiden zu verabschieden.

Gerade als ich mir Hoffnung machte, anstatt ewig Praktikant oder Zeilenschinder zu bleiben, endlich richtiger Redakteur zu werden, hörte ich, dass in der Zeitung eine Art Bürgerkrieg ausgebrochen sei. Zwei feindliche Fraktionen hatten sich jede für sich in einem eigenen Stockwerk des Verlagshauses verbarrikadiert und reklamierte für sich, die einzige legitime Vertretung des Blattes zu sein.

Um diese Auseinandersetzung zu verstehen, muss man wissen, dass es in der linken zwei rivalisierende Strömungen gibt. Ich möchte sie der Einfachheit halber – und ohne jede Bewertung – als die linke Linke und die rechte Linke bezeichnen.

Die linke Linke ist progressiv und liberal, sie stellt die überkommene Vorstellung von Familie und Gesellschaft in Frage, ist individualistisch und hedonistisch eingestellt. Die rechte Linke setzt eher auf Gemeinschaft und Tradition. Die linke Linke ist internationalistisch und hält das deutsche Wesen für die Ursache allen Übles auf der Welt. Die so genannten Antideutschen machen dabei den gleichen Fehler wie die Deutschnationalen: Sie schreiben der deutschen Identität eine völlig überzogene Bedeutung zu. Die rechte Linke dagegen betrachtet eine gesunde Portion Patriotismus für die Voraussetzung eines sozialen Gemeinschaftsgefühls.

In Westdeutschland wurde die rechte Linke im Zuge der 68er-Bewegung bedeutungslos. In der DDR wurde die linke Linke einfach abgeschafft. Dies ist der Grund, warum sich in Westdeutschland die linke Linke und in Ostdeutschland die rechte Linke nach dem Fall der Mauer erst ratlos gegenüberstanden, dann einsahen, dass sie sich zusammenraufen mussten. Was sie dann auch taten und was einigermaßen funktionierte – bis meine Bewerbung als Redakteur zur Entscheidung anstand.

Ich kenne den Auslöser für die Spaltung der Zeitung nicht. Er war nur Anlass für den Ausbruch der tiefliegenden Meinungsunterschiede. Welcher Seite ich mich zugehörig fühlte war völlig klar. Ich war Westdeutscher, kam aus einem linksliberalen Milieu, und wenn ich die beiden Lager mit Völkerschaften des klassischen Altertums charakterisieren sollte, würde ich die linken Linken als Athener und die rechten Linken als Spartaner beschreiben. Natürlich gehörte ein kunstliebender Mensch wie ich zu den Athenern. Was hatte ich bei den Spartanern zu suchen...

Die West-Fraktion hatte zu einer Presseveranstaltung in einem Kulturhaus geladen. Ich setzte mich ins Publikum und hörte mir die Reden an. Die Redakteure kündigten an, ihr neues Projekt in Eigenregie und ohne die übliche Zeitungshierarchie zu führen. Isabel trat ans Mikrofon, sagte ihren Beitrag und setzte sich wieder zu ihren Kollegen. Es wurden Fragen der eingeladenen Journalisten beantwortet. Ich wartete, entschlossen, nichts zu übereilen. Das ist nämlich mein größter Fehler: meine Ungeduld. Ich war in der Armee ein schlechter Schütze gewesen, weil ich mir nicht genug Zeit für das Zielen nahm. Ich war als Lokaljournalist ein schlechter Fotograf gewesen, weil mir die Ausdauer fehlte, auf den richtigen Moment zu warten. Das würde mir heute nicht passieren. Zum genau richtigen Zeitpunkt würde ich hervortreten und meine Loyalität für das Zeitungskollektiv erkären.

Ich wartete das Ende der Pressekonfernz ab, den Schlussapplaus, und erst dann stand ich auf. Publikum und Gastgeber waren im Begriff, zum gemütlichen Teil des Abends überzugehen. Ich schritt ruhig auf Isabel zu. Erst im letzten Moment, als wir nur noch einen Meter voneinander entfernt waren, nahm sie mich wahr. Sie runzelte die Stirn, nickte kurz und ging weiter. Mein Mund, mit dem ich sie hatte begrüßen wollen, war noch auf, als Isabel schon an mir vorüber gelaufen war. Ich schloss ihn. Etwa eine Minute konnte ich mich nicht rühren. An den Blicken der Vorübergehenden merkte ich, dass ich erratisch in der Halle stand. Ich zog die Schultern hoch und befahl meiner Körpermaschine, mich mit Würde aus dieser Halle zu bewegen. Ich besorgte mir eine Flasche Wein und achtete darauf, sie in kleinen Schlucken zu trinken, während ich auf meinem Bett saß, eine Zigarette nach der anderen rauchte und an die Wand starrte. Ich war so dumpf und unbeweglich wie die Steine dieser Wand. Es wollte mir einfach nicht einfallen, auf welche Art ich morgens aufstehen und weiter auf dieser Erde herumspazieren konnte. Und dann fiel es mir ein. Die Lösung war vollkommen klar. Ich würde danach ein anderer sein, aber das war dann eben unausweichlich. Mein Herz wurde zu Eis und schmerzte nicht mehr. Ich fand Schlaf.

Mein Bewerbungsgespräch bei der Ost-Fraktion begann sehr konspirativ. Ich wurde telefonisch an eine Ecke des Verlagsgebäudes beordert und dort abgeholt. Ein dicker Mann mit rötlichem Schnurrbart winkte mich zu sich und führte mich durch einen geheimen Gang in die Redaktionsräume. Das mag albern klingen, war es aber nicht. Ich hatte in den Geschichtsbüchern gelesen, wie Linke auf Linke schossen, Stalinisten auf Trotzkisten, Kommunisten auf Anarchisten. Auch jetzt, am

Ende des 20. Jahrhunderts, fühlte ich es – hätten die Beteiligten dieser Auseinandersetzung Gewehre gehabt, dann wäre Blut geflossen.

Der dicke Mann stellte mich dem Herausgeber und dem Chefredakteur vor. Es begann ein leises, vorsichtiges Gespräch, bei dem die drei mich misstrauisch in Augenschein nahmen. Sie wussten, dass ich mich mit Isabel und den anderen gut verstanden hatte. Das machte mich verdächtig. Vielleicht war ich ein Spion der West-Fraktion. Aber gleichzeitig hatte ich einen Wert für sie, der das Risiko, mir zu trauen, aufwog. Die West-Fraktion bestand komplett aus der schreibenden Zunft: Redakteure der Politik, Wirtschaft, des Feuilletons. Hier, in den Räumen der Ost-Fraktion, war die an der Produktion beteiligte Truppe versammelt: Herausgeber, Setzer, die Korrekturleserin und der Layouter. Die rechte Linke war also wie ein Körper ohne Kopf, während die linke Linke wie ein Kopf ohne Körper dastand. Der Grund, warum Isabel stirnrunzelnd an mir vorbeigelaufen war, ergab sich daraus, dass in der West-Fraktion ein Dutzend Redakteure zusammensaßen. Welchen Nutzen hatte ich dort als ein weiterer Redakteur? Und da auch im Zeitungswesen wie in allen Bereichen des Lebens das gnadenlose Gesetz von Angebot und Nachfrage gilt, war dies genau das, was meinen Marktwert hier in die Höhe schnellen ließ: Ich war der Schreiber, den die Ost-Fraktion dringend brauchte.

Ich bestand die Prüfung und bekam einen Arbeitsplatz zugewiesen. Noch heute erinnere ich mich gerne an den schwarzen Computerbildschirm mit den grellgrünen Schriftzeichen. Mein erstes Thema waren die ehemaligen DDR-Politiker, die jetzt den Löwen zum Fraß vorgeworfen wurden. Das war mir recht. Von jeher waren mir die westdeutsche Siegerjustiz und Selbstgerechtigkeit zuwider gewesen. Ich haute in die Tasten.

Ich war berauscht. Zum ersten Mal in meinem Leben war ich jemand. Zum ersten Mal zählte das, was ich tat. Der Chefredakteur beriet sich mit mir. Eine Seite Eins zu schreiben – die Titelgeschichte! – was für mich vorher unvorstellbar gewesen war, wurde nun zu einer alltäglichen Angelegenheit.

Doch die Freude währte nicht lange. Eines Tages knallte der Chefredakteur mir die Druckfahne eines meiner Artikel auf den Schreibtisch.

„Das könnte genauso gut in der *Süddeutschen Zeitung* stehen", sagte er.

Nun ist die *Süddeutsche Zeitung* die beste des Landes, und jeder Redakteur dürfte sich freuen, mit ihr verglichen zu werden. Aber in diesem Falle war es nicht als Kompliment gemeint, sondern als Kritik. Im Grunde war es sogar ein Vorwurf. Ich hatte ein Thema so behandelt, dass der Leser alle Informationen bekam, um sich eine eigene Meinung zu bilden. Nun waren es die Macher wie auch die Leser dieses Blattes gewohnt, eine Meinung präsentiert zu bekommen und nicht die Tatsachen. Mit Grauen erinnere ich mich, wie der Chefredakteur einmal sein Credo geäußert hatte: „Bei einer Zeitung kommt es nicht auf die Wahrheit an, sondern darauf, was man erreichen will."

Ein Unterschied zwischen der linken Linken und der rechten Linken war die Haltung zum Nahostkonflikt. Die linke Linke hatte sich auf die Seite Israels geschlagen, während die rechte Linke Israel als Unterdrücker des palästinensischen Volkes betrachtete, das es zu befreien galt. Die linke Linke (deren Konkurrenzblatt wir genauso argwönisch beobachteten wie sie uns) behauptete nun, die rechte Linke sei antisemitisch. Ich fand das lächerlich. Eine Linke, die antisemitisch ist, war keine Linke mehr. Aber mich beunruhigte, wie halbherzig der Chefredakteur diesen Vorwurf zurückwies.

Ich beschloss, die Probe zu machen und schrieb einen Bericht über eine in Berlin stattfindende Konferenz zum Thema Antisemitismus in Deutschland. Zu Beginn der Konferenz sprach der ehemalige Botschafter Israels, der seinem Gastland innig zugetan war und beteuerte, das Problem des Antisemitismus in Deutschland sei halb so schlimm. Das empörte einen Forscher, der im Anschluss davor warnte, den Antisemitismus kleinzureden. Die beiden Reden gaben die Standpunkte der Konferenz sehr gut wieder. Ich referierte die Diskussionsbeiträge und schickte meinen Beitrag an die Redaktion.

Der Artikel wurde veröffentlicht. Ich überflog den Text und konnte keine Änderung wahrnehmen. Und trotzdem schien mir der Beitrag irgendwie anders zu sein. Ich las Satz für Satz, keines meiner Worte war verändert worden. Erst beim dritten Lesen bemerkte ich, dass zwei Absätze vertauscht worden waren. Die Beitrag des Forschers, der vor Antisemitismus gewarnt hatte, stand am Anfang. Die Rede des ehemaligen Botschafters, der das Problem abgewiegelt hatte, war ans Ende gesetzt worden. Durch die Vertauschung der Absätze war die Stoßrichtung meines Artikels in das genaue Gegenteil verkehrt worden.

Es war Zeit zu gehen.

Ich kehrte zurück zum Tagesgeschäft des Lokaljournalismus. Zu jener Zeit wurde immer mal jemand gebraucht, der über ein Gartenfest in Schöneweide oder die Bezirksverordnetenversammlung in Spandau berichtete. Drei große Tageszeitungen unterhielten in der Hauptstadt ein Heer freier Journalisten. Wenn in Reinickendorf ein Sack Kohlen umfiel, schickte jede der drei Zeitungen einen Reporter, um den Kohlensack zu interviewen. Aber dieser Konkurrenzkampf der Blätter ging ins Geld. Die Geschäftsführer lauerten auf eine Gelegenheit, sich von den unzähligen Zeilenschreibern zu trennen. Diese Gelegenheit boten die Anschläge auf das World Trade Center am 11. September 2001. Der Schreck über diese Untat versetzte der Wirtschaft der gesamten westlichen Welt einen Schlag. Unter anderem litt das Anzeigengeschäft der Zeitungen. Diese Anzeigen – und nicht der Verkauf der Zeitungen – waren das finanzielle Rückgrat der Blätter. Endlich hatten die Geschäftsführer einen Vorwand, ihre längst beschlossenen Pläne aus der Schublade zu holen. Die Betriebsräte scherten sich nicht um die Freiberufler. Am Freitag nach dem 11. September wurde ich – wie hunderte anderer freie Journalisten – darüber informiert, dass ich am Montag nicht mehr in die Redaktion zu kommen brauchte.

Es begannen die Jahre der Arbeitslosigkeit. Es war wie bei einem Raumflug: Keine Bewegung wahrnehmbar, beim Auf- und Abgehen in der der Raumkapsel immer die gleiche Schwärze vor den Bullaugen. Ich wanderte viel und begann, die Klassiker systematisch zu lesen.

Irgendwann hatte das Arbeitsamt keine Geduld mehr. In vier Wochen sollte ich etwas finden, sonst würden sie mich zum Regalestapeln in den Supermarkt schicken. Da hörte ich, wegen des großen Andrangs von Bürgerkriegsflüchtlingen aus Syrien und dem Irak würden händeringend Deutschlehrer gesucht. Ich stieg in einem Altbau in Neukölln eine enge Treppe hinauf. Im Büro empfing mich ein freundlicher älterer Türke. Er wollte wissen, ob ich einen Abschluss in Germanistik habe. Ich schob ihm die Kopie meines Magister-Zeugnisses aus dem vorigen Jahrhundert zu. Er nickte.

„Wann können Sie anfangen?"

„Am Montag."

Montag früh bekam ich einen Anruf. Noch am gleichen Nachmittag würde mein Kurs beginnen. Ich war eine Stunde früher da und bekam ein Schulbuch in die Hand gedrückt. In den sechzig Minuten vor dem Unterricht fiel mir eine Frage ein, die ich mir bis dahin noch gar nicht gestellt hatte.

Wie bringt man Leuten eigentlich Lesen und Schreiben bei?

5. Hunde und Katzen

In Hörweite meiner Wohnung befinden sich zwei Super-
märkte. Zu jeder Tageszeit kommt ein Hundebesitzer, leint
das Tier am Fahrradständer an und geht einkaufen. Während
der ganzen Zeit des Einkaufs kläfft der Hund. Was will er
damit erreichen? Er müsste doch merken, dass sich jeden Tag
dasselbe Spiel wiederholt: Herrchen oder Frauchen verschwindet im Supermarkt und kehrt nach etwa einer Viertelstunde
zurück. Der Hund könnte sich also die Puste sparen und
warten. Nur sind Hunde zu dumm, um das zu verstehen.
Im Schwarzwald hat fast jeder Hausbesitzer einen Kettenhund. Dieser springt auf und bellt hysterisch, sobald sich ein
Lebewesen in seiner Sichtweite zeigt. Einen dieser Ketten-
hunde habe ich beobachtet, wie er mit seinem Echo um die
Wette bellte. Sein Kläffen wurde vom Tal unten wieder zu ihm
zurückgeworfen. Der Kettenhund betrachtete es als das Kläffen eines Rivalen und bellte zurück. Natürlich gab auch dies
ein Echo, was den Hund weiter zur Raserei trieb. Und so kläf-
fte er von morgens bis abends.
So dumm Hunde sind so klug sind Katzen. Hunde betrachten
es als Gnade, Nahrung zu bekommen und entgelten es dem
Menschen mit unterwürfiger Dankbarkeit. Katzen betrachten
es als Gnade, Nahrung *anzunehmen* und erwarten vom Menschen dafür unterwürfige Dankbarkeit. Hunde sind Rudelwe-
sen, Katzen dagegen Einzelgänger.
Natürlich ist es problematisch, Tieren menschliche Charakter-
züge zuzuweisen. Wenden wir uns also den Menschen zu.
Katzenmenschen sind Einzelgänger, Hundemenschen Rudel-
wesen. Hundemenschen sind es, die unser Dasein ermög-
lichen. Ohne ihren unermüdlichen Fleiß, mit dem sie tagein,
tagaus das Getriebe der Welt in Bewegung halten, würde die
menschliche Ordnung zusammenbrechen. Katzenmenschen

profitieren von dieser Arbeit, ohne sich an ihr zu beteiligen. Aber Dankbarkeit empfinden sie dafür nicht. Sie betrachten es als ihr gutes Recht, ihren nutzlosen Beschäftigungen nachzugehen, während die Hundemenschen als Bäcker, Bauern, Zahnärzte, Rechtsanwälte, Generäle und Ministerpräsidenten den Laden am laufen halten. Die Hundemenschen, Nohl, Pohl und Kohl, halten sich für das Ziel allen Strebens. Aber sie sind nur der braune Torf, der den Blumen der Kultur das Wachstum ermöglicht.

Assad fragt: „Bist du verheiratet?"
Was auch der schwächste Schüler gleich in der ersten Unterrichtsstunde versteht ist der Unterschied zwischen Duzen und Siezen. Wenn ich von einem Schüler geduzt werde, ist dies niemals ein Versehen. Es ist der Versuch einer Grenzüberschreitung.
„Sie."
Assad nickt. „Sind Sie verheiratet?"
„Nein."
„Warum nicht?"
„Es gibt kein warum."
„Es gibt kein ‚warum nicht verheiratet' in Deutschland?"
„Nein. Es gibt kein ‚warum' in diesem Unterricht. Ich frage nicht, warum Sie aus Syrien hierher gekommen sind, und Sie fragen nicht, warum ich nicht verheiratet bin. Wir lernen hier Deutsch. Das ist alles."

Jung sein ist wie Schach spielen, ohne die Regeln zu kennen. Man beobachtet, wie Bauern ein Feld vorrücken und andere Bauern schlagen. Plötzlich wird unser Bauer vom gegnerischen Springer in einer Kombination von vorwärts/diagonal geschlagen. Der Gegner informiert uns darüber, dass der Springer sich eben auf diese Art bewegen dürfe. Man versucht, das zu berücksichtigen und rückt mit dem eigenen

76

Springer vor. Dieser wird vom gegnerischen Turm weggefegt. Erst jetzt erfahren wir, dass der Turm sich in gerader Linie unbegrenzt in alle vier Richtungen bewegen kann. Nach und nach lernen wir die Regeln, aber als wir sie schließlich alle kennen, ist das Spiel vorbei – und natürlich für uns verloren.

In dem Moment, in dem ich das Lehrerzimmer betrete, weiß ich, dass etwas Schlimmes passiert ist. Dilan steht da, stocksteif, die Augen weit aufgerissen. Sie wirkt so verletztlich – es kommt mir so vor als hätte ich sie nackt im Badezimmer überrascht, und so wende ich mich schamhaft ab. Hat ihr Mann sie verlassen? Ich weiß nicht, was ich tun soll. Aber ich muss mich wieder zu ihr drehen. Sie nimmt mir die Entscheidung ab und macht den Mund auf.

„Du glaubst es nicht...", stammelt sie.

In jedem Kurs gibt es einen Teilnehmer, den ich gerne mit einem kräftigen Fußtritt aus Deutschland herausbefördern würde. Es sind dies Kerle, die von diesem Land alles bekommen: Schutz, ein Dach über dem Kopf und Geld zum Unterhalt, und die das mit Unverschämtheit und Disziplinlosigkeit entlohnen. In jedem Kurs gibt es einen Teilnehmer, der die Regeln zu seinen Gunsten verändern will. Ein solcher Scheißkerl hat nun Dilan aus der Fassung gebracht.

Ich schaue sie an, während sie mir ihr Herz ausschüttet. Stirn und Wangen sind feucht, die Tränen der Wut bündeln das Feuer ihrer Augen zu Laserstrahlen, ihre Brust hebt und senkt sich. Ich schäme mich dafür, aber in ihrem Zorn und Kummer ist sie noch unglaublich attraktiver und begehrenswerter als sonst.

Ein Sprichwort sagt: Der Spatz in der Hand ist besser als die Taube auf dem Dach. Damit werden wir aufgefordert, über den kleinen Vogel in unserer Reichweite zufrieden zu sein anstatt den großen Vogel außerhalb unserer Reichweite haben zu wollen. Das ist vernünftig. Aber die Menschen sind nicht nur so unvernünftig, die Taube außerhalb ihrer Reichweite höher zu schätzen als den Spatz in ihrer Hand. Nein, selbst wenn sie die Taube in der Hand haben, schielen sie neidisch auf den Spatz auf dem Dach. Das, was wir haben, schätzen wir immer geringer als es ist. Und das, was wir nicht haben, wird von uns immer überschätzt.

Wenn ich eine Frau sehe, die einen anderen Mann hat, fühle ich mich zurückgesetzt und entwertet. Dabei muss ich mir zwei Dinge klarmachen: Die Tatsache, dass sie einen Mann hat, wertet diesen in den Augen der Frau automatisch ab. Ich dagegen werde in ihren Augen dadurch aufgewertet, dass ich nicht ihr Mann bin.

Ich stehe immer da und starre den Mond an. Ich muss endlich lernen, die Erde vom Mond aus zu betrachten.

Der Mensch ist unfähig, sich längere Zeit mit dem zufrieden zu geben, was er erreicht hat. Die grausame Natur hat uns so programmiert, damit wir ständig in Bewegung bleiben und stets unzufrieden sind. Damit hat die Natur es dem Menschen unmöglich gemacht, jemals glücklich zu werden. Aber die Natur schert sich nicht darum, ob die Kreaturen auf der Welt glücklich sind.

Denke dir die begehrenswerteste Frau der Welt – wenn du sie erringst, verliert auch die schöne Helena jeden Tag ein bisschen an Wert. So wie ihr Kurs in unvorstellbare Höhe schoss, als sie unerreichbar schien – ist sie in unserem Besitz, stürzt ihr Marktwert ins Bodenlose. Jeden Tag flüstert uns eine bösartige Stimme ein, dass das Gras woanders noch grüner sei.

Vielleicht ist die Forderung der Kirche, die Ehe gelte „bis dass der Tod euch scheide" gar nicht religiös motiviert. Sie könnte stattdessen eine gesellschaftspolitische Vorkehrung dafür sein, dass auch die größte Liebe sich aufbraucht wie ein Stück Seife.

Im Fernsehen wurde ein junger Mönch in einem katholischen Kloster gefragt, wie er damit klarkomme, auf jede Möglichkeit von Liebe und Sexualität zu verzichten. Er antwortete, auf irgendetwas müsse man immer verzichten. Er hätte es in der Matrix (das ist unsere Alltagswelt) einfach nicht mehr ertragen. Er verzichte auf dreißig Prozent für die siebzig Prozent, die ihm das Leben innerhalb der Klostermauern biete.

Karoline hat drei Söhne, wobei der Älteste dreizehn Jahre vor dem Jüngsten geboren wurde. Das bedeutet, dass sie für einen Zeitraum, der drei Jahrzehnte umfasst, keine freie Minute hat. Wenn es etwas gab, das mich beim Militär an den Rand gebracht hat, so waren es die dreitägigen Manöver, während denen ich ununterbrochen unter Leuten war. Heute wäre das für mich unvorstellbar. Ich beobachte, dass ich am Tag etwa drei Stunden mit Menschen verbringen kann. Dann ermüdet es mich und der Drang nach Alleinsein meldet sich. Mein Verbrauch an Zeit, die ich nur für mich allein in Anspruch nehme, ist ungeheuerlich. Kein Milliardär ist in der Lage, sich so viel Zeit zu nehmen wie ich.

Auf dem Schulhof redeten wir über unsere Lebenspläne. Ich sagte ganz arglos, ich plante zu heiraten und eine Familie zu haben. Die Klassenkameraden lachten mich aus. Heiraten und Familie gründen – wie spießig!
Heute sind sie allesamt verheiratet und haben Kinder. Nur ich bin allein. Endlich begreife ich es: Das war es, das ich mir von frühester Jugend an am innigsten wünschte. Und genau deswegen wurde es mir am konsequentesten vorenthalten.
Wäre es stattdessen mein innigster Wunsch gewesen, Bürgermeister von Celle zu werden, wäre alles anders gekommen. Ich hätte jetzt Frau und Kind und ein Auto in der Garage – nur Bürgermeister von Celle wäre ich nicht geworden.

Meine Schulzeit war ohne Liebschaft geblieben. Ich ließ Vergangenheit Vergangenheit sein und begab mich voller Zuversicht ins Studium. Das Studentenleben galt als unbeschwert und sinnenfroh. Alles würde gut werden. Aufgeregt saß ich im Zug auf der Fahrt in die Universitätsstadt. Von dem Wohnheim führte ein Weg an dem Fluss Lahn entlang zur Philosophischen Fakultät. In freudiger Erwartung musterte ich die Scharen junger Menschen, die mir entgegenkamen, besonders die weiblichen. Zu meinem Befremden bemerkte ich, dass die Frauen meinen Blick nicht erwiderten. Vielmehr wichen sie ihm aus. Ich tat dies zunächst als einen unglücklichen Zufall ab und betrat die vier quadratischen Betontürme, in denen all die Germanisten, Romanisten, Pädagogen und Ethnologen ihr Studium verbrachten. Aber in den folgenden Wochen verfestigte es sich zu trauriger Gewissheit: Marburger Studentinnen sahen ihren männlichen Kommilitonen nicht in die Augen. Stattdessen blickten sie zu Boden, so wie Frauen es in arabischen Ländern tun, wenn ein Mann an ihnen vorbeigeht.

Tausende junger Leute kamen Jahr für Jahr in die kleine Universitätsstadt, um ohne die Mahnungen von Eltern und Lehrern, ja erstmals als Erwachsene ihr Handeln selbst zu bestimmen. Und ausgerechnet sie selbst stellten sich als strengere Aufseher heraus als es Eltern und Lehrer jemals gewesen waren. Einmal die Woche gab es im Kulturzentrum eine Disco mit dem treffenden Titel „Café Trauma". In der mit Musik beschallten Halle standen wie beim Schulball auf der einen Seite die Jungs, auf der anderen die Mädchen. Sie lehnten Stunde um Stunde mit dem Rücken zur Wand und achteten darauf, keine Gefühlsregungen zu zeigen.

Marburg galt seit Jahrzehnten als links, und tatsächlich dominierten sozialistische und alternative Strömungen die studentische Selbstverwaltung und damit die zehntausende Mark, die dem entsprechenden Ausschuss alljährlich aus den Studentenbeiträgen zugute kamen. Seit Mitte der achtziger Jahre hatte sich im studentischen Milieu der radikale Feminismus als dominierende Richtung durchgesetzt. Er besagte in aller Einfachheit, dass Frauen erstens immer im Recht waren, egal was sie von sich gaben, und zweitens immer Opfer waren, egal was sie taten. Das bedeutete nun allerdings nicht, dass die Masse der Frauen die Masse der Männer tyrannisierte. Es bedeutete vielmehr, dass eine kleine Gruppe von Männern und Frauen den übrigen Rest von Männern und Frauen tyrannisierte. Jene Minderheit, die sich selbst als „qualifizierte Mehrheit" bezeichnete, gab die Regeln vor, nach denen das Zusammenleben von Studentinnen und Studenten sich zu richten hatte. Die „qualifizierte Mehrheit" war eine selbsternannte Avantgarde, die ihre Existenz andauernd dadurch rechtfertigen musste, indem sie ständig die Vorhut einer neuen Bewegung war: gegen diskriminierende Sprache, zu tiefe Dekolletés auf Titelblättern oder irgendwelche Verhaltensweisen, die von heute auf morgen als „sexistisch" erklärt wurden. Um das Regime dieser Priesterschaft zu sichern durften die Scheiterhaufen niemals aufhören zu brennen. Jede Woche galt es, einen Verstoß zu ahnden, der die Allgemeinheit von der Notwendigkeit noch strengerer Strafjustiz überzeugte.

Die Allgemeinheit ist jetzt allerdings ein bisschen zu viel gesagt. Es handelte sich um die Studentenschaft, beziehungsweise um jene Minderheit der Studentenschaft, die in der akademischen Linken tätig war. Außerhalb dieser Kreise wurden diese Umtriebe mit Kopfschütteln oder Achselzucken abgetan. Und je wirkungsloser die Umtriebe dieser studentischen Kreise nach außen blieben, desto aggresiver wendeten sie sich gegen die Leute in den eigenen Reihen.

Eines Abends war ich in das besetzte Haus im Marbacher Weg eingeladen. Auf dem Sofa saß Mägis, der älteste der Besetzer. Ich nannte ihn den Indianerhäuptling, denn er hatte jene Art von Autorität, wie sie nur Stammesoberhäupter haben. Er saß aufrecht, die langen braunen Haare nach hinten gestrichen und seine Haltung sagte: Ich bin nicht Häuptling, weil ich der Sohn von irgendjemand bin oder weil ich reich bin. Ich bin der Häuptling, weil alle Mitglieder meines Stammes mich einstimmig zu ihrem Anführer gewählt haben. Ein Indianerhäuptling wie Mägis aus Süddeutschland hat mehr Stolz und Würde als der Papst und der US-Präsident zusammen, weil er seine Position allein der Zuneigung und Bewunderung seiner Leute verdankt.

Ich saß ihm gegenüber in meinem Fischgrät-Sakko da und fühlte mich unbehaglich. Ich war ein Streber, ein Spießer. Ich gehörte nicht hierher. Mägis beobachtete die Katze, die draußen vor dem Fenster des Wohnzimmers hockte. Regen pladderte auf das Dach, und die Katze maunzte erbärmlich. Mägis sah mit halb geschlossenen Augen zu. „Nicht aufmachen", sagte er leise. „Es gibt hinter dem Haus einen Durchschlupf, und die Katze weiß das. Sie will uns nur verarschen."

Eine Weile ging das so weiter. Schließlich stand jemand kopfschüttelnd auf, öffnete das Fenster, und die Katze sprang herein.

„Großartig", seufzte Mägis. „Das Tier hat den Menschen erfolgreich dressiert."

Ein Mädchen brachte Tee. Mägis erzählte beiläufig von Paul, dem Organisator des Kulturzentrums. Paul war der einzige Mensch in unserer Sphäre, der kein Akademiker war. Ein großer Mann in weiten Jeans, der nachsichtig lächelnd unter dem ganzen Studentenvolk seine Arbeit tat. Und jetzt gab es einen Skandal. Auf einer Party hatte Paul einer Frau die Hand auf das Knie gelegt. Die Frau hatte die Hand zurückgeschoben. Eigentlich hatte sie die Sache für sich behalten wollen, sie dann aber doch ihrer Mitbewohnerin erzählt. Diese trommelte sofort die Studentenvertretung zusammen, um zu beraten, wie gegen Paul nun vorzugehen sei.

Ein Vierteljahr, nachdem ich Marburg verließ, sollte ich später meine erste Freundin, eine junge irische Witwe, kennenlernen. Bei einer Familienfeier hatte sie mir gegen Mitternacht vorgeschlagen, mit ihr den Hund auszuführen. Wir gingen gemeinsam durch die Dunkelheit und ich küsste sie. Das tat ich, obwohl sie „Nein" sagte.

Voll schlechten Gewissens fragte ich sie am nächsten Tag, ob ich mich eines Übergriffes schuldig gemacht hätte. So hatte ich es in Marburg gelernt. Sie runzelte die Stirn und wollte wissen, wovon ich rede. Ich erwähnte, dass ich sie gegen ihren Willen geküßt hätte. „Sag mal, spinnst du?", fuhr sie mich an. „Du hast ja wirklich GAR NICHTS getan! Ich musste diesen dämlichen Spaziergang mit dem Hund vorschlagen..."

Zurück im besetzten Haus. „Das ist doch lächerlich", entfährt es mir. Das bringt die Frau mit dem Tee in Rage. Sie bekommt jenes verhärtete Kinn, das Fanatiker bekommen, wenn man ihnen widerspricht, und erklärt, es sei doch wohl eindeutig, dass Paul „aus allen linken Zusammenhängen entfernt" werden müsse. Ich lasse mich von ihr nicht einschüchtern, und wir streiten eine Viertelstunde herum. Mägis beobachtet mich mit halb geschlossenen Augen, und ich meine in seinem Blick so etwas wie Anerkennung zu lesen. Anerkennung wofür? Offenbar dafür, dass ich mich im Widerspruch zum kompletten linken Milieus in Marburg befinde.

Paul war nun jemand, der sich nicht mehr auf der Straße blikken lassen konnte. In der Universität wurden Trillerpfeifen verteilt, um bei jedem sexuellen Übergriff dieser Art Alarm zu schlagen. Und dann? Wollte die Horde den Beschuldigten dann lynchen?

Es stellte sich heraus, dass Paul nicht die linken Tugendwächter fürchtete, sondern die Polizei. Vor Jahren war er wegen einer Jugenddummheit im Gefängnis gelandet. Ihm war die Flucht gelungen, und seitdem war er untergetaucht. Jetzt aber war der Wirbel so groß geworden, dass er beschloss, sich der Polizei zu stellen. Die Justiz sah keinen Sinn darin, ihn wieder einzsperren. Er bekam einen Personalausweis und wurde nach Hause geschickt.

Im Laufe der kommenden Monate änderte sich das Klima in der Stadt. Beschlüsse der „qualifizierten Mehrheit" wurden nicht mehr einfach hingenommen. Das Vokabular erschien immer mehr Leuten suspekt. Im Rückblick kann man sagen: Die Geschichte mit Paul beendete das feministische Kalifat in Marburg.

Gab es in Hinsicht auf das andere Geschlecht eigentlich auch einmal ein schönes Erlebnis? Ich muss eine Weile darüber nachdenken, aber dann fällt mir etwas ein: Rüdis Schlager-Party.

In den neunziger Jahren war in Berlin die Hölle los. Am Kollwitzplatz, wo heute nur noch Zahnärzte und Rechts-anwälte wohnen, befand sich die Kommandantur, ein Laden, in dem Gin-Tonic in Halblitergläsern ausgeschenkt wurde. Der Ausschnitt der Bedienung war so tief, dass man vergaß, das Wechselgeld zu zählen.

Eines Abends kam jemand auf die Idee, ein paar Straßen wie-ter zur Schlagerparty zu gehen.Der deutsche Schlager war meine ganzen jungen Jahre lang ein Objekt der Verachtung ge-wesen. Diese Feier zu besuchen war reine Ironie. Als wir dort eintrafen, sah ich verblüfft, dass es wahrhaftig Menschen gab, die den deutschen Schlager liebten. Jahrelang hatten sie sich versteckt und ihren Geschmack verheimlichen müssen. Jetzt, in der großen Ironie-Welle der neunziger Jahre, konnten sie ihre Liebe ausleben. Als nächstes begriff ich, dass niemand sehen konnte, wer zu den Leuten gehörte, die nur aus Ironie hier waren und wer zu den echten Fans zählte. Schlagerhasser und Schlagerliebhaber konnten sich hier unerkannt und friedlich begegnen wie die Capulets und Montagues auf dem Maskenball. Meine dritte Beobachtung war, dass auf Rüdis

Schlager-Party ein Unmenge junger, wunderschöner Frauen herumlief. Eingelullt von den Liedern, die ich zu meiner Überraschung fast alle mitsingen konnte, kam eine dieser Anwandlungen über mich, die besagten, mein Leben könne letzten Endes doch noch einen guten Verlauf nehmen. Ich richtete mein graues Sakko und ging auf eine Anfang zwanzigjährige Schneewittchen-Schönheit im 50er Jahre-Kleid zu. Ich fragte sie, ob sie mit mir tanzen wolle. „Danke, im Augenblick nicht", sagte sie sachlich. Ich verbeugte mich leicht und ging an meinen Platz zurück. Ich hielt mich an meinem Bier fest und kostete den Triumph aus. Ich hatte es geschafft, sie anzusprechen! Und was noch besser war: Ihr Korb machte mir nichts aus! Sie hatte nein gesagt, na und, von mir aus. Hauptsache ich hatte den Mut gehabt, sie zu fragen, und ihre Absage konnte meine Laune nicht trüben. Als ich mich drei Minuten später wieder der Tanzfläche zuwandte, stand Schneewittchen vor mir. „Jetzt möchte ich tanzen", sagte sie. Ich legte meine Arme um sie, spürte ihr schwarzes Haar an meiner Wange und glaubte zu fliegen.

Die Geschichte meines Lebens ist nicht vollständig, wenn ich nicht erzähle, wie Karoline mir das Leben rettete. In der Bundesrepublik war es in den 80er Jahren Gewohnheit geworden, nicht mehr von Liebe zu sprechen sondern von „Beziehung". Und eine solche Beziehung ergab sich nicht über Nacht, sondern musste in wochen- oder monatelangen Gesprächen angebahnt werden. Meistens hielten diese Beziehungen weniger lang als die Anbahnung in Anspruch genommen hatte.
In Ostdeutschland erlebte ich nun, dass man mit einer Frau einfach so zusammenkommen konnte. Ganz ohne Beziehungsgespräch. Über Nacht war ich mit Karoline zusammen. Einfach so. Von meinem einunddreißigsten bis fünfunddreißigsten Lebensjahr führte ich ein Leben wie alle anderen Men-

schen auch. Ich erlebte das melancholische Glück der Normalität. So war das Dasein der anderen also...

Als Karoline sich von mir trennte, gab ich ihr die Schuld am Scheitern unserer Beziehung. Erst Jahre später begriff ich, dass die Schuld allein bei mir lag. Wir hatten unterschiedliche Vorstellungen von der Liebe. Karoline hatte ein pragmatisches Verhältnis. Sie ging davon aus, den „richtigen" Partner gebe es nicht, es gebe nur akzeptable Partner, die sich aneinander anpassen mussten. Ich dagegen hatte die romantische Vorstellung, es komme nicht darauf an, zueinander zu passen, sondern es komme darauf an, verliebt zu sein. Karoline stand zu ihrer Ansicht, ich aber hatte mir einen Schuh angezogen, der mir nicht passte. Ich tat so als wäre ich auch ein pragmatischer Partner. Aber tief in mir drin wünschte ich mir die große Liebe. Das spürte Karoline lange, bevor ich es mir eingestand.

Wir sind später immer Freunde geblieben. Ich organisierte die Auflösung ihrer Wohnung, als sie ins Ausland ging. Ich regelte Sachen für sie in Deutschland. Warum? Weil ich ihr mein Leben verdankte. In einer Lebenspanne von nunmehr einem halben Jahrhundert mögen vier Jahre wenig gewesen sein. Doch es hatte gereicht, dass ich hinter den Vorhang schauen konnte. Ich wusste nun, wie es auf der anderen Seite aussah. Ein lebenslängliches Unwissen hätte mich zerstört.

Als junger Mann fand ich in einer Broschüre eine Zeichnung, die mich sehr traf. Abgebildet war ein kleiner dicker Mann mit Glatze und Schnurbart, der in einem Büro saß. Vor ihm auf dem Schreibtisch lag ein Stapel Akten, aber der Mann war in Gedanken woanders. In einer Traumblase saß derselbe kleine, dicke Mann mit Schnurrbart in einer Ritterrüstung auf einem Streitross, eine Lanze in der Hand. Ich war beschämt, weil mir klar wurde, dass ich genauso verblendet war wie der Mann mit dem Schnurrbart. Wir alle sind nur kleine dicke Büromenschen, aber in Gedanken beharren wir auf der Illusion, Ritter und Helden zu sein.

Im Oktober 1987 wurde ich zum Wehrdienst einberufen. Es wäre für mich ein leichtes gewesen, den Kriegsdienst aus Gewissensgründen zu verweigern. Alle meine Freunde taten es, und die Tatsache, dass ich es nicht tat, brachte mir viel Streit mit ihnen ein. Also warum tat ich es nicht? Aus Bequemlichkeit oder Neugier? Lange glaubte ich das, und erst Jahre später brachte ich den Mut auf, mir die Wahrheit einzugestehen: Ich ging zum Militärdienst, weil ich mir in meiner Arroganz und Selbstgefälligkeit einbildete, ich könne das über mich ergehen lassen, ohne Schaden zu nehmen.
Es war beeindruckend, mit welcher Präzision der Staat hunderttausende junge Männer registrierte, katalogisierte und zu einem bestimmten Zeitpunkt an einen Bahnhof bestellte. Dort wurden sie massenweise in Züge gesteckt. Zu Beginn der Fahrt war alles ganz entspannt, es schien wie ein Ausflug zu sein. Im Verlauf der Stunden, als der Herbsthimmel sich verdunkelte, kamen erste Ahnungen von Unheil. Zweifelhafte Gestalten in Uniformen gingen durch die Abteile. Am Ende der Zugfahrt standen Busse auf regennassem Asphalt. Die Fahrt ging durch nächtliche Wälder, und nachdem die Schranke des Kasernentores sich erhoben und hinter den Bussen wieder gesenkt hatte, spätestens da war jedem von uns klar, dass wir einen schrecklichen Fehler gemacht hatten.
Heute kann ich mich über meine Naivität nur wundern, aber ich war eben in behüteten Verhältnissen aufgewachsen. Ich hatte hehre Ansichten von Anstand und Moral, die wohlfeil waren, weil sie niemals einer Prüfung unterzogen wurden. Nun aber fand ich mich in einer Umgebung wieder, in der die gewohnten Wertvorstellungen verdreht wurden. Bislang gab es einen zuverlässigen Wegweiser, ein Schild, auf dem „Gut" in die eine und „Böse" in die entgegengesetzte Richtung wies.

In der Armee war dieser Wegweiser abmontiert und durch einen anderen ersetzt worden. Dessen beide Richtungen lauteten „Nutzen" oder „Schaden". Nun war es so, dass der Weg zum „Nutzen" genau der Richtung entsprach, die bisher den Titel „Böse" hatte, wogegen der Weg des alten „Gut" nun in Richtung „Schaden" führte.

Um diese Umpolung des moralischen Kompasses zu illustrieren, erzähle ich die Geschichte von den Maulwürfen. Unsere Kompanie übte gerade den Ernstfall eines Atomkrieges. Um uns vor dem nuklear verseuchten Niederschlag zu schützen, trugen wir Gasmasken, Gummistiefel und Umhänge aus Plastik. Die Station „Entgiftung" bestand darin, dass ein lustloser Kamerad uns und unsere Ausrüstung mit Wasser aus einer beweglichen Pumpe abspritzte. Nun fanden es andere Kameraden interessanter, das Wasser in die zahlreichen Maulwurfslöcher zu leiten, die über die Wiese verstreut waren. Nach einer Weile schnellten die Maulwürfe mit zerplatzter Lunge an die Oberfläche und verendeten. Ein Soldat – ein einziger – ein dicklicher Junge rannte mit rotem Gesicht herum und schrie, so etwas könne man doch nicht machen. Er lief an mir vorbei, und in seinen Augen las ich das Entsetzen über meinen stumpfen Blick.

Mit den fünf Kameraden, die sich mit mir eine Stube teilten, hatte ich es schlecht getroffen. Sie mochten mich nicht, und ihre Abneigung wuchs von Tag zu Tag. Als ich einmal einen Streit zu schlichten versuchte, ließ einer seine Wut an mir aus und verprügelte mich. Als ich am nächsten Tag sein höhnisches Grinsen sah, beschloss ich, ihn an die Vorgesetzten zu verpfeifen. Meine Rechnung ging auf, denn nun hatte er eine ebenso schlimme Nacht wie die, die ich eine Nacht zuvor erlebt hatte.

Eines Tages, bei der Rückfahrt in die Kaserne, spürte ich Schmerzen in der Brust. Der Kasernenarzt verschrieb mir Pillen gegen Grippe. Als es nicht besser wurde, kam ich in das

Bundeswehrkrankenhaus Gießen. Die Ärzte stellten fest, dass mein linker Lungenflügel in sich zusammengefallen war. Sie bohrten ein Loch in meine Achselhöhle, steckten einen Schlauch hinein und pumpten rund um die Uhr Luft aus meinem Brustkorb, damit die Lunge sich wieder aufblähte und wieder am Rippenkorb festklebte. Ich bekam Morphin – genug, um die Schmerzen zu ertragen, aber nicht so viel, dass ich von dem Mittel abhängig würde. Mein Leben zerfiel in zwei Hälften: zwölf Stunden im Elysium, dann zwölf Stunden Qual, bis ich wieder meine Dosis bekam.

Ich wurde wieder heil. Beim Rücktransport durch Gießen hatte jemand einen Glückwunsch zu Schopenhauers zweihundertsten Geburtstag an einen Betonpfeiler gesprüht. In der Dusche machte mich ein Kamerad auf den Ausschlag an meinem Bein aufmerksam. An den Fußknöcheln und den Handgelenken begann es zu jucken. Die Haut pellte sich und brach auf. Ich bekam ein Spinnennetz aus roten Wunden an Hand- und Fußgelenken. Das blieb noch ein paar Jahre nach Abschluss der Militärzeit. Wenn ich mich mies fühlte, breitete sich der Aussatz aus. Wenn ich mich besser fühlte, ging er zurück. Im Laufe des Studiums ließ es nach, und wenn ich jetzt auf die Haut schaue, ist sie weiß wie Mamor.

Der Rest der Dienstzeit ging herum. Gekrönt wurde sie vom Wintermanöver „Greller Blitz", das wir sofort in „Greller Schiss" umbenannten. Ein Funkerkamerad knatterte mit seinem olivgrünen Motorrad über die oberhessische Schneelandschaft, um mich einzusammeln. Ich kann mich nicht an seinen Namen erinnern, aber er ist der einzige Mann mit Schnurrbart, der mir jemals sympathisch war. In der Bundeswehr gab es viele Männer mit Schnurrbart, aber er war anders. Sein Blick schien immer in weite Fernen zu schweifen. Auch jetzt schaute er mich nicht an, als ich hinter ihm auf den Sattel stieg. Er starrte auf die Schneelandschaft und sagte: „Na, Allendorf, wenn der ganze Quatsch hier vorbei ist, schreibst du einen Roman darüber. Stimmt's?"

„Klar", sagte ich.

Ungesagte Worte an Dilan:
Jedesmal, wenn ich unglücklich verliebt war, hatte ich im Nachhinein gewünscht, ich wäre der Frau niemals begegnet. Bei dir ist das anders. Auch wenn du mich traurig machst, bin ich mittlerweile weise genug, um wertzuschätzen, dich kennengelernt zu haben.

Ein scheinbar unbedeutender Vorfall klärte endgültig mein Verhältnis zum anderen Geschlecht. Mit einem Studienfreund besuchte ich ein Silvesterkonzert. Dabei kamen wir mit zwei Frauen in ein Gespräch, das fast zu einem Flirt wurde. Die eine Frau war attraktiv, die andere nicht. Die Attraktive versuchte, sich meinem Studienfreund zu nähern, die andere wandte sich an mich. Ich fühlte mich, als hätte ein Stein meinen Kopf getroffen. Mit brutaler Offenheit machten die Frauen mir klar, als was sie mich betrachten: als zweite Wahl.
Ich hatte nun eine Entscheidung zu treffen. Entweder ließ ich mich auf das Spiel ein. Oder aber ich verweigerte mich dem Spiel und blieb den Rest meines Lebens allein.
Wie jeder weiß entschied ich mich für letzteres.

6. Inseln im Meer

Vorgeschichtliche Kulturen unterscheiden wir nach ihrer Keramik. Europa wurde einst von Menschen bevölkert, die ihre Töpferwaren mit zwei parallel geritzten Linien verzierten. Es war ein friedliches Bauernvolk, das in Weilern von nicht mehr als einem halben Dutzend Langhäusern lebte. Am Ende der Jungsteinzeit drangen kriegerische, viehzüchtende Nomaden in ihr Gebiet ein. Diese schmückten ihre Töpfe und Kannnen, indem sie mit Schnüren Muster in den noch weichen Ton drückten. Die Wissenschaft bezeichnet sie deshalb als Schnurkeramiker.

Falls es in tausend Jahren noch Menschen gibt, und falls diese sich für unsere Hinterlassenschaft interessieren, wie werden sie uns bezeichnen? Der Direktor des Bonner Museums erklärte mir, wir würden in diesem Fall als Joghurtbecherkultur in die Archäologie eingehen. Wenn alles Holz und Textil verrottet ist, wenn auch das letzte Metallteil sich in Staub aufgelöst hat, dann wird der weiße Kunststoff immer noch unversehrt sein. Die Kulturen nach uns werden sich nicht daran erinnern, dass Napoleon 1812 einen erfolglosen Russlandfeldzug unternahm oder die deutschen Sozialdemokraten 1993 der Aushöhlung des Asylgesetzes zustimmten. Sie werden an uns als Menschen denken, die aus weißen Kunststoffbechern gegessen haben.

Wenn ich darüber nachdenke, warum sich alle menschlichen Zivilisationen ihre eigene Grube graben, dann fällt mir die Osterinsel ein. Die dreieckige Insel im Südpazifik wurde Anfang des 18. Jahrhunderts von europäischen Seefahrern entdeckt. Der niederländische Kapitän Jacob Roggeveen fand am Ostersonntag des Jahres 1722 ein von ein paar tausend Menschen bevölkertes Eiland vor, das von Gras und niedrigen Büschen bewachsen war. Berühmt ist die Osterinsel wegen der fast zehn Meter hohen Steinköpfe, die die Küste säumen. Um einen so hohen Obelisken aus Stein aufzurichten, sind zwei Dinge nötig: Holzbalken und Seile. Beides gewinnt man aus Bäumen. Aber auf der Insel gab es keine Bäume. Die Steinkolosse bewiesen, dass hier einmal reichlich Bäume vorhanden gewesen waren. Wenn nun kein einziger Baum mehr übrig war, mussten die Bewohner ihren Wald irgendwann bis auf den letzten Stamm gefällt haben.

Nun waren die Bewohner der Osterinsel nicht dümmer oder klüger als wir. Sie hatten nur vergessen, dass ihre Vorfahren einst über das Meer gekommen waren und hielten sich selbst bis zu ihrer Entdeckung durch die Europäer für die einzigen Menschen der Welt. Und so wie wir isoliert auf unserem Planeten leben und auf keine Hilfe von außerhalb hoffen können, wenn wir unsere Welt zerstören, genau wussten die Bewohner der Osterinsel, dass es nach dem Fällen des letzten Baumes nie wieder Wald geben würde. Und trotzdem taten sie es. Das Fällen des letzten Baums der Osterinsel ist also ein noch viel schlimmeres Verbrechen, wenn man bedenkt, dass die Osterinsulaner ihr Eiland für die ganze Welt und sich selbst für die einzigen Bewohner hielten. Sie glaubten nicht allein, den letzten Baum ihrer Insel, sondern den letzten Baum des ganzen Planeten zu vernichten.

In der Nachkriegsgeneration war Wandern verpönt. Der Kult um den deutschen Wald galt den 68ern als eine schlechte Angewohnheit der Nazi-Väter. Aber mein Vater wuchs ohne Vater auf. Er hatte keinen Ahn, der ihm das Wandern verdorben hatte und ging unbefangen damit um. Uns, seine Familie, steckte er in klobige Wanderstiefel und zwang uns zu Märschen, die drei Stunden, manchmal vier und gelegentlich sogar fünf Stunden dauerten.

Wenn ein Jugendlicher von den Eltern mitgeteilt bekommt, man habe zwei kleine Ferienzimmer im Schwarzwald angemietet, dann sorgt das nicht für große Euphorie. Aber einmal dort angekommen tat ich, was jeder Vierzehnjährige in meiner Situation getan hätte. Ich steckte mein Schweizermesser ein und erkundete die Gegend.

Die zwölf Häuser der Siedlung blickten auf einen Grashang hinab, der unten in einem Fichtenwald endete. Ich sprang den Hang hinab und trat in den Wald ein. Es war ein Wald wie ich ihn nie gesehen hatte. Die Stämme standen dicht und schirmten den Himmel ab wie die Decke einer Halle. Spechte klopften, Tannen rauschten. Wildbäche stürzten aus Felsspalten. Nebel hing über den Wegen. Es war der Wald aus den Märchen und Sagen, mein Wunderreich! So hatte der Umzug von Hannover nach Karlsruhe doch noch sein Gutes.

Die Insel meines Vaters war Irland. Er hatte sich das so gedacht: Eine mittelgroße Rolle in der „Lindenstraße" und nach zehn Jahren könnte er sich den Traum erfüllen: Ein Häuschen in Irland. Doch er bekam keine Rolle in der „Lindenstraße". Zurück aus dem Urlaub schrieb er in sein Tagebuch:

19.08.1993
Das hübsche Foto von Bryna auf dem Sekretär. Gegenlicht und Erkerfenster. Wieder wie gestern „Heart of a woman" gehört, sehnsüchtig, süchtig. Muß ich Irland abschreiben? Nevermore? Möglich.

21.08.1993
Die Hitze ist schon arg. Homesick nach Ireland. Gewißheit, nie wieder hinzukönnen.

22.08.1993
Der FC Albsiedlung spielte Fußball gegen den SV Hardeck und verlor 3 : 0.
Mir summsen die Irlandlieder im Kopf.

23.08.1993
Gestern wieder Temperaturen von 34 Grad, heute Absturz auf 17
Grad. Köstlicher Regen. Endlich scheint der Sommer vorbei. Jetzt
sind wir fast drei Wochen daheim, aber ich habe Probleme mit der
Rückgewöhnung. In Irland war ich ein King; hier bin ich erstmal
nichts. Unproduktiv und gelähmt.

26.08.1993
Im „Stern" ist heute eine Werbeseite mit 2 Totenköpfen und dem
Text: WIE LANGE WOLLEN SIE NOCH WARTEN? Bedachte
noch mal das Wiedereingewöhnungsproblem. Ist ja klar: in Bunclody
lebte ich wie ein Landgraf, Traumhaus, Geld unbegrenzt (jedenfalls
nach der Meinung der Einheimischen, von denen wir uns schon
durch die Kleidung absetzten; es gelang uns nicht, uns glaubhaft zu
verkleiden). Dazu der exotische Beruf im fernen reichen Germany.
Da komm' mal zurück und sei, was du wirklich bist...

Im Übergang vom 20. zum 21. Jahrhundert ereignete sich eine
lautlose Katastrophe. Im Laufe einiger Monate verschwanden
alle Menschen von der Erde und wurden durch Handy-
benutzer ersetzt. Nur ich blieb zurück. Ich bin der letzte
Mensch auf der Welt.
In der Bibliothek des Einsiedlers gibt es ein paar Standard-
werke, neben dem „Graf von Monte Christo" natürlich Daniel
Defoes „Robinson Crusoe". Der Autor hat wohl nicht mehr be-
absichtigt als eine spannende, erbauliche Geschichte darüber
zu schreiben, wie der Mensch mit Zuversicht und Gottver-
trauen auch in einer schier hoffnungslosen Lage bestehen
kann. Für uns ist Robinsons Geschichte dagegen die ultimative
Schilderung des völligen Alleinseins. Die totale Einsamkeit ist
der Traum des jungen Menschen Keine Eltern, Lehrer oder
sonstige Erwachsene, die einem sagen, was man tun soll! Und
der Schrecken des Älterwerdenden: Alleinsein? Für immer?

Robinsons Einsamkeit wird durch die Begegnung mit dem wilden Eingeborenen beendet, der Freitag genannt wird. Und wieder hat der biedere Defoe sich nichts dabei gedacht, wenn der europäische Schiffsbrüchige den Wilden über alles belehrt: den wahren Glauben, die richtige Kultur und so weiter.

Ich hatte irgendwann einen ganz anderen Einfall. Freitag erinnerte mich an meinen eingebildeten Kinderfreund. Wenn ich als kleiner Junge mit den Pfadfindern zum Zelten fuhr, wähnte ich mich als ein Trapper mit einer Mütze aus einem Waschbärpelz wie Davy Crockett. Mein erfundeter Freund war ein Indianer. Ich weiß nicht, ob er einen Namen hatte, aber ich erinnere mich an viele Gespräche mit ihm, während ich abseits des Zeltlagers durch den Wald streifte.

Als Jugendlicher las ich fanatisch Science Fiction-Romane: Nach der Schule, nach dem Essen, nachmittags, abends, vor dem Einschlafen, ja manchmal noch vor der Schule. Ich habe nie verstanden, warum der Begriff „Eskapismus" ein Schimpfwort ist. Das können sich nur Leute ausgedacht haben, die es nie nötig hatten zu entkommen. Mir sind zwei Fluchtrouten geläufig: die ferne Vergangenheit (Geschichte, der historische Roman) und der Weltraum (Astronomie). Als Kind floh ich zu Rittergeschichten und antiken Helden, als Jugendlicher in den Kosmos.

Der Film „2001 – Odyssee im Weltraum" ist die Verfilmung eines Romans von Arthur C. Clarke. Im Film ist eine Szene weggefallen, die mich im Buch fasziniert hat: Nachdem der Computer abgeschaltet und alle anderen Astronauten ums Leben gekommen sind, muss Dave Bowman ganz allein noch monatelang im All herumfliegen, bevor das Jupitersystem erreicht wird. Dabei steht ihm eine reichhaltige Bordbibliothek (ich glaube, auf Mikrofilm) und viel klassische Musik zur Verfügung. Bei dieser Szene denke ich an das Adagio der Ballett-Suite „Gayane" von Aram Khatchaturian, die im Film verwendet wird, als das Raumschiff zum ersten Mal zu sehen ist. Später verstand ich, dass der Weltraum mehr bedeutet als nur die Weite. Der Weltraum ist auch die letzte Steigerung der Einsamkeit. Robinson hat eine Insel mit Bäumen und Papageien. Selbst der auf dem Ozean Ertrinkende hat salzige Wogen und den heulenden Wind. Das All aber ist das reine Nichts: keine Luft, kein Licht, kein Schall. Eine lautlose, pechschwarze Welt. Noch besser als Robinson Crusoe verkörpert der Mensch, der in einer Dose aus Metall durch das endlose Nichts schwebt, die Einsamkeit.

Nach dem Abitur war es bei uns Mode, sich ein Interrail-Ticket zu kaufen, mit dem man einen Monat lang überall in Europa mit der Bahn fahren konnte. Ich machte meine erste Reise nach Irland und war berauscht. Nur abends fühlte ich mich etwas mulmig. Rastlos fuhr ich von Städtchen zu Städtchen, kehrte auf den Kontinent zurück, überquerte die Alpen und fuhr durch ganz Italien, um mit der Fähre nach Griechenland zu kommen. Ich verbrachte einen Tag auf dem Peloponnes, nur um am nächsten Tag wieder mit der Fähre nach Italien überzusetzen und heimwärts zu fahren. Ich war mein ganzes Leben immer bei der Familie gewesen. In meiner Unwissenheit hatte ich geglaubt, ich könne einfach so einen Monat allein sein. Aber Alleinsein ist eine Fähigkeit, die man trainieren muss. Fast alle Abende meiner Studienzeit verbrachte ich abends in Kneipen. Es war wie ein Zwang, jeden Abend unter Leuten zu sein. Wenn man jung ist, hat man noch nicht genug in sich. Man muss diese Leere mit der Gesellschaft von Menschen füllen.

Im November 2002 betrat ich erstmals die Stadt Hamm in Westfalen. Karoline hatte mich gerade verlassen, und ich trat dort eine auf ein Dreivierteljahr befristete halbe Stelle als Redakteur einer Monatszeitung für Landwirte an. Ich klingelte an einem vierstöckigen kleinen Kasten von Haus, der Vermieter öffnete mir und übergab mir die Schlüssel. Die Eineinhalb-Zimmer-Wohnung war von der Größe und dem Zuschnitt fast identisch mit meinem Berliner Wohnklo in Pankow – nur waren keine Möbel darin. Und daran würde sich in den folgenden acht Monaten auch nichts ändern. Ich stellte meinen Koffer ab, lief die fünfzehn Minuten zu meinem künftigen Arbeitgeber, machte meinen Antrittsbesuch bei der Redaktion, wurde mit Wurzelsuppe bewirtet und kehrte nach Feierabend bei Dunkelheit in die Wohnung zurück. Ich packte die Bierdosen in den Kühlschrank, breitete meinen Schlafsack auf dem Teppichboden aus, stellte Nescafe und Wasserkocher für das Frühstück bereit und platzierte mein winziges Transistorradio auf die Fensterbank. Das war alles, was mir für den langen arktischen Winter blieb, der auf mich wartete: Nescafe, Dosenbier, Radio und eine Taschenbuchausgabe von Nietzsches „Die fröhliche Wissenschaft".

Ich habe dieses Taschenbuch noch heute immer in Griffweite. Manchmal blättere ich darin und betrachte kopfschüttelnd meine Unterstreichungen und Kommentare. Es sind die Notate eines Wahnsinnigen. Ich hockte am Ortsrand von nirgendwo und konnte mich selbst dabei beobachten, wie mir die letzten Zündkerzen im Hirn durchschmorten. Damals dachte ich: das überlebst du nicht. Aber da irrte ich. Hamm in Westfalen war für mich das, was für Nietzsche Sils-Maria gewesen war.

Acht Monate ist eine tückische Zeitspanne: zu kurz, um sich mit einem neuen Zuhause abzufinden, zu lang, um es nur als einen vorübergehenden Aufenthalt zu betrachten. Mit den Kollegen konnte ich so wenig anfangen wie sie mit mir. Ich saß meine vier Stunden am Tag ab und ging nachhause. Nachhause? Das Haus stand direkt am Ortsrand. Richtung Bahnhof konnte ich in einer Viertelstunde die ganze Stadt durchmessen. In der anderen Richtung war flaches Land, kümmerliche Wäldchen, Felder und Himmel, so weit man schauen konnte. Ostwestfalen. Ein Schild besagte, dass die Römer einst hier durchmarschiert waren. Wie mochten sie sich gefühlt haben, während sie auf genagelten Sandalen durch dieses graue Land irrten?

Ich lief viel. Ein Dreivierteljahr lang unterhielt ich mich außer mit den Kollegen nur mit meinem Zigarettenverkäufer. Die Türklingel hörte ich ein einziges Mal: als ich dem Vermieter öffnete, um ihm die Schlüssel zurückzugeben. Ansonsten war ich allein, hatte mehr Zeit als sonst in meinem Leben und merkte zu meinem Erstaunen, dass es nicht eine Minute zuviel war. Es ist ungeheuerlich, wie viel Zeit ein Mensch für sich selbst benötigt. Es ist unglaublich, dass mir das zuvor nicht klar gewesen war. Mit Nietzsches „Fröhlicher Wissenschaft" zog ich für acht Monate in Zarathustras Gebirge und kehrte geläutert zurück. Ich hatte dem Dämon Einsamkeit die Stirn geboten, mein Spiegelbild war nicht mehr in der Lage, mir Furcht einzuflößen, ich war bereit zu jeder Reise: zum Jupiter oder sonst wohin.

Fünfhundert Jahre, nachdem die Bewohner der Osterinsel ihren letzten Baum gefällt hatten, ereignete sich auf einer anderen isolierten Insel im Pazifik ein ähnliches Desaster. Die Bevölkerung von Nauru benutzte keine Steinäxte, um ihre idyllische Heimat zu ruinieren. Auch waren Bagger, Kräne und Fabrikschlote nicht das Mittel, um den Untergang herbeizuführen (obwohl sie auf der Insel ihre Spuren hinterlassen haben). Das Inselparadies am anderen Ende der Welt wurde mithilfe der freien Marktwirtschaft zerstört.

Nauru ist etwa 20 Quadratkilometer groß und wird von weniger als 10.000 Menschen bewohnt. Der Vogelkot hat sich auf der Oberfläche aus abgestorbenen Korallen vermengt und im Laufe der Jahrtausende eine dicke Phosphatschicht gebildet. Phosphat ist eine Ressource, die sich mit Erdöl vergleichen lässt. Weltweit werden damit ausgelaugte Böden gedüngt. So wie die Industrie Erdöl benötigt, ist die globale Landwirtschaft auf Phosphat angewiesen. Wer über diese Ressource verfügt, ist reich. Und Nauru bestand aus Millionen und Abermillionen Tonnen dieser Substanz.

In der Zeit vor, während und nach den beiden Weltkriegen war Nauru ein Spielball der Kolonialmächte und Machtblöcke. Doch in den 60er Jahren hatten einige junge Inselbewohner Universitäten in Australien und in den USA besucht und wussten nun, wie die westliche Welt ihre Heimat ausbeutete. Nach jahrelangen zähen Verhandlungen erlangte die Insel 1968 ihre Unabhängigkeit und die alleinige Kontrolle über den Handel mit Phosphat, der bislang in der Hand britischer und australischer Firmentrusts gelegen hatte. Die unermesslichen Erträge flossen von jetzt an in die Taschen der Inselbewohner und machten die bislang armen Menschen quasi über Nacht zu Millionären. Von der Notwendigkeit der Erwerbstätigkeit befreit verbrachten die Nauruer ihre vollständige Zeit damit, ihr Geld mit vollen Händen auszugeben, mit wöchentlich neu erworbenen Luxusautos um die einzige Straße der Insel zu kurven und chinesischen Gastarbeitern die Plackerei des Phosphatabbaus zu überlassen.

Wer zu viel Geld hat, um es auszugeben, der legt es an. Und wird es richtig angelegt, dann bringt dies noch mehr Geld, das wiederum angelegt werden muss. Die Befreier Naurus hatten dies auch geplant, um die Zukunft des winzigen Inselstaates zu sichern. Irgendwann würden die Phosphatvorkommen erschöpft sein – und dann musste Nauru auf anderen Beinen stehen. Durch Unerfahrenheit und Leichtsinn gerieten die Dollarmillionen in die Hände windiger Spekulanten, die es darauf angelegt hatten, die Naivität der Nauruer zu benutzen, um sich selbst zu bereichern. Das dafür verantwortliche Establishment Naurus – fast jede Familie stellte irgendwann einen verantwortlichen Minister oder Behördenchef – fürchtete sich, die Fehlschläge einzugestehen und versuchte, die

Verluste mit noch größeren Unternehmungen wiedergutzumachen, die allerdings noch größere Verluste verursachten. Verdrängung und Verleugnung der dringendsten Probleme und Fehlentwicklungen ließen das reichste Land der Erde unausweichlich auf den ökonomischen Untergang zusteuern. Den Abschluss der unabwendbaren Abwärtsspirale stellte der verzweifelte Versuch dar, mit Krediten wieder zu Geldmitteln zu kommen, was aber letzten Endes nur bewirkte, dass wietere Kredite aufgenommen werden mussten, um die Zinsen des vorhergehenden Darlehens zu bedienen.

Das unwürdige Ende der Tragödie von Naura war es, dass die Inselbewohner schließlich endgültig ihre Seele verkauften. Die weiße Bevölkerung Australiens, die sich diesen Kontinent vor zweihundert Jahren durch Landraub angeeignet hat, will keine Zuwanderer in ihrem Land haben. Also bezahlt die australische Regierung die Bewohner von Nauru dafür, an der Küste Australiens aufgegriffene Flüchtlinge in erbärmlichen Sammellagern auf der Insel zu internieren.

Im Internet kann man den Namen der Insel eingeben. Auf dem Computerbildschirm dreht sich die Weltkugel, wendet uns den unendlichen Pazifischen Ozean zu und zoomt auf eine winzige Insel, etwa vier Kilometer lang und drei Kilometer breit. Ich tauche weiter hinab und sehe die Ringstraße, die entlang der Küste einmal um die Insel führt. Ich erkenne die Start- und Landebahn im Süden, direkt neben der Hauptstadt Yare, und im Nordosten den verfallenen Fischereihafen Yanibare.

Einsamkeit ist der Traum der Kindheit, der Schrecken des Heranwachsenden und gleichzeitig ein zivilisatorischer Fortschritt. Die Menschen lebten fast die ganze Geschichte des Homo Sapiens über zusammen wie eine Tierherde in der Steppe. Die Germanen wohnten in Dorfangern zu etwa zwei Handvoll Langhäusern. Niemand hatte ein Zimmer, jeder blieb von der ersten bis zur letzten Stunde von seinen Verwandten beobachtet. Wer außer Sichtweite geriet, war seines Lebens nicht mehr sicher.

Die großen Städte der Antike änderten alles. Ein Bürger Roms trat auf die Straße und verschwand im gleichen Augenblick in der Anonymität der Masse. Er konnte sich bewegen, ohne dass irgendjemand wusste, wo er war. Während auf dem Land jeder Schritt von den Nachbarn verfolgt wird, ist der Städtebewohner vor den Augen seiner Mitmenschen verborgen. Stadtluft macht frei.

Die andere Seite des zivilisatorischen Sprunges, den die Einführung der Einsamkeit bedeutete, war das eigene Zimmer, der Ort, in dem man hinter sich die Tür schließen kann und allein ist. Diese Einsamkeit ist die Voraussetzung großer geistiger Leistungen. Beethoven hätte seine 32 Klaviersonaten nicht komponieren können, wenn er nicht völlig allein gewesen wäre.

Im Sommer 2005 bin ich zum letzten Mal in Irland. Ich betrete einen Pub in Bunclody und bemerke, dass etwas anders ist. An der Wand prangt ein hässliches rot-weißes Schild, dass Rauchen mit Geldstrafen bedroht. Der alte irische Pub, die verqualmte Bude, in der alte Männer in schäbigen Anzügen rauchten, tranken und schwatzten, hat nun das Flair einer Apotheke. Statt der Raucher haben sich Handyfressen im Pub breitgemacht.

Jahrhunderte lang haben die Iren sich gegen ihre Unterdrücker zur Wehr gesetzt. Und nun haben sie die Waffen gestreckt: vor Nichtrauchern und Handyfressen. Nichtraucher und Handyfressen haben mein Irland zerstört, meine Trauminsel, meinen geistiger Zufluchtsort und den meines Vaters.

Dann passiert etwas, das die Erinnerung an das alte Irland, das verlorene Irland noch einmal zurückbringt. Zum erstenmal betrete ich das Obergeschoss im „Redmond's". Mit dem Altmännerpub im Erdgeschoss haben diese Räume nichts zu tun: eine blitzende Bar aus Messing, plüschige Sessel und jede Menge Platz. Ein altes Ehepaar spricht mich an. Ich solle mich zu ihnen setzen. Anstatt dieser freundlichen Einladung nachzukommen, zaudere ich, der misstrauische Deutsche.

„Sie sind ein ängstlicher Mensch", stellt die alte Dame fest. Sie hat mich durchschaut und in einem einzigen Satz vollständig beschrieben. Ohne weitere Gegenwehr nehme ich Platz an ihrem Tisch. Der alte Mann springt auf und eilt Richtung Bar.

„Ich bin Noreen", sagt die Frau. „Phil und ich sind seit einundfünfzig Jahren verheiratet."

„Wird Zeit, dass ich mir eine Neue suche", sagt Phil, der mit drei Pinten Bier an unseren Tisch zurückkehrt.

Die Murphys sind vor vielen Jahren wegen der Arbeit nach England übergesiedelt und zu ihrem Ruhestand hierher zurückgekehrt. Fünf Kinder haben sie großgezogen, alle sind in England geblieben. Ich erinnere sie an Frank, ja, ich sei sein Ebenbild, auch so ein dünner Junge. Der Älteste der Söhne sei Literat gewesen. Er starb an Alkohol. Der größte Alptraum der Eltern, eines ihrer Kinder zu verlieren.

Phils drei Glaubenssätze lauten: 1. Das Militär ist eine prima Sache. 2. Jeder muss stolz auf sein Heimatland sein. Und 3. Die Engländer sind an allem schuld. Selbst an der großen irischen Hungersnot von 1849. Ich bin empört. Wie kann der Hass zwischen zwei Völkern jahrhundertelang weitergetragen werden? Schuld an der irischen Hungersnot war eine Reihe von Missernten aufgrund der Kartoffelfäule. Ich bin aber auch über die Königin Viktoria empört. Irland gehörte damals zu Großbritannien, und die Königin fuhr offenbar lieber mit ihren albernen Hofritualen fort, anstatt sich um ihre hungernden Untertanen zu kümmern.

Es stellt sich heraus, dass ich beiden Unrecht getan habe, sowohl Phil als auch Königin Viktoria. Diese hat alles mögliche versucht, um den hungernden Iren zu helfen. Aber

Großbritannien war eine konstitutionelle Monarchie. Die Macht hatte das Parlament, und dieses – da lag Phil richtig – hatte nicht die Absicht, das Leid der Hungernden zu mindern. Man war über den zurückliegenden Bevölkerungszuwachs auf der Insel beunruhigt und sah in dem Massensterben der Menschen eine „natürliche" Lösung dieses Problems.

Zu jener Zeit hatte sich in England der Manchester-Kapitalismus etabliert, die Grundlage der jetzt einzig übrig gebliebenen Wirtschaftsform auf der Welt. Die Schlote rauchten, in den Fabriken schufteten Arbeiter für einen Lohn, der sie gerade am Leben hielt. Der Antrag eines britischen Parlamentariers, die Kinderarbeit auf täglich zehn Stunden zu begrenzen, wurde als unzumutbarer Eingriff in die Freiheit des Marktes angesehen.

In Irland gab es keine Industrie. Das Land gehörte englischen Großgrundbesitzern. Die irischen Bauern bewirtschafteten es zum Gewinn ihrer Pachtherren. Es wurde viel Getreide und ein wenig Kartoffeln angebaut. Das Getreide wurde nach England verkauft, um den Wohlstand der Gutsbesitzer zu mehren. Der kleine Kartoffelacker reichte hin, um die Bauernfamilie am Leben zu halten.

Nun hatte eine Seuche die Kartoffeln in Irland befallen und den Bauern die Nahrungsgrundlage entzogen. Das hinderte die Gutbesitzer nicht, das irische Getreide weiterhin nach England zu verschiffen, wo dafür gute Preise erzielt wurden.

In Irland galt das englische Armengesetz von 1830. Armengesetz klingt nach einer guten Sache, nach Maßnahmen, mit denen der Staat sicherstellt, dass Menschen, die – selbst verschuldet oder ohne eigene Schuld – nicht in der Lage sind, sich zu ernähren, Hilfe bekommen. Das englische Armengesetz von 1830 besagt aber das genaue Gegenteil: Um den Armen nicht die Motivation zu nehmen, sich selbst aus ihrer Misere zu befreien, ist es dem Staat untersagt, ihnen Unterstützung zu gewähren. Einzige Ausnahme waren die Armenhäuser. Nun klingt auch Armenhaus nach einer guten Sache: Ein Ort, an dem Arme ein bescheidenes aber sicheres und halbwegs würdiges Leben führen können. Doch auch das war nicht die Absicht. Die Armenhäuser sollten durch ihren erbärmlichen Zustand der Abschreckung dienen. Alles auf der Welt sollte angenehmer sein als in einem Armenhaus kaserniert zu werden.

Im britischen Parlament waren zwei Parteien vertreten, die konservativen Tories und die wirtschaftsliberalen Whigs. Normalerweise waren sie politische Gegner. In der Irlandfrage waren sie sich jedoch einig: Auf keinen Fall dürfe es staatliche Eingriffe in sozialökonomische Vorgänge geben. Hinter vorgehaltener Hand wurde sogar gesagt, die irische Bevölkerung, die sich in den fünfzig Jahren zuvor verdoppelt hatte, würde durch die Hungersnot ganz von selbst wieder auf ein vernünftiges Maß reduziert werden.

Der Regierungschef, der konservative Premierminister Robert Peel, kam allerdings zu dem Schluss, dass das Leben von einer Million Menschen schwerer wiege als seine politische Karriere. Um preiswertes Getreide aus Amerika und Kontinentaleuropa einkaufen zu können, schaffte er die Einfuhrzölle, mit denen sich die britische Getreidewirtschaft vor ausländischer Konkurrenz schützte, ab. Das kostete ihn sein Amt, denn sowohl Tories als auch Whigs betrachteten die Abschaffung der Einfuhrzölle als unakzeptablen Eingriff in die Freiheit des Marktes.

Augenblick! Beruht die Freiheit des Marktes nicht auf dem Fehlen jedes staatlichen Eingriffs wie zum Beispiel von Schutzzöllen?

Das kommt darauf an.

Wenn staatliche Eingriffe die Gewinne der Unternehmer schmälern (wie zum Beispiel die Begrenzung der Kinderarbeit in den Fabriken auf zehn Stunden am Tag), dann sind sie ein unerträglicher Angriff auf die Freiheit der Märkte. Wenn staatliche Maßnahmen dagegen die Profite der Unternehmer steigern – wie eben Schutzzölle gegen ausländische Konkurrenz – dann sind sie nicht nur akzeptabel, nein, dann sind sie plötzlich Grundlage der freien Marktwirtschaft.

Am Ende der irischen Hungersnot waren eine Million Menschen gestorben und zwei Millionen nach Amerika ausgewandert. Im Laufe der folgenden Jahre sank die Bevölkerung von einstmals acht auf vier Millionen. Und selbst im Jahr 2005, als Noreen mich an ihren Tisch bittet und Phil an die Bar eilt, um uns drei Bier zu holen, hat die irische Bevölkerung sechs Millionen noch nicht wieder erreicht.

Seit Tagen bin ich in Panik. Dilan hat beiläufig erwähnt, dass ihr Kurs demnächst endet.
„Und was danach kommt, weiß ich nicht."
Ich habe meine Erwartungen an meine Existenz wahrlich zurückgeschraubt. Drei Dinge verlange ich: Ich will wissen, warum mein Leben so schiefgelaufen ist, was es mit der Kunst auf sich hat, und ich möchte, wenn ich zur Pause ins Lehrerzimmer gehe, Dilan dort sitzen sehen.
Es ist Montag. Ich betrete vor Unterrichtsbeginn das Lehrerzimmer. Sie ist nicht da. Sie ist auch in der Pause nicht da. Der Dienstag geht vorbei. Keine Dilan.
Ich sitze wie Robinson auf seiner Insel. Aber im Gegensatz zu Robinson wird mich niemand von der Insel holen. Ich werde dort den Rest meines Lebens verbringen, und jetzt ist auch Freitag nicht mehr da.
Mittwoch komme ich in der Pause in das Lehrerzimmer. Dilan schaut mich an und knallt ihren Klassenordner auf den Tisch.
„Es ist unglaublich!"
„Was meinst du?"
„Mein neuer Kurs. Die können nichts. GAR NICHTS!"
„Na, das ist ja ein Ding", sage ich, setze mich langsam und warte darauf, dass mein Puls sich normalisiert.

Eines Tages werde ich ins Lehrerzimmer gehen und Dilan nicht antreffen. Ich werde Marietta oder andere Kollegen fragen. Die werden sagen, auch sie hätten Dilan auch schon länger nicht gesehen. Ich werde die Jungs im Glaskasten fragen und Faruk oder Mo wird achselzuckend sagen: „Ach, die hat einen anderen Job gefunden." Und dann werde ich ohne Dilan im Lehrerzimmer sitzen. Es wird so kommen. Es ist unabwendbar wie der Tod.

Aber noch nicht. Nicht heute.

7. Abschied von Irland

I

Am Vorabend meiner letzten Reise nach Irland träumte ich von einer Zugreise mit meinem Vater. Die Eisenbahn hielt, und mein Vater stieg aus, um etwas zu besorgen oder jemanden zu fragen. Die Türen schlossen sich, wir fuhren weiter. Ich sah die Fahrgäste der Reihe nach an, mein Vater war nicht darunter. Ich überlegte, was ich tun sollte. Bei der nächsten Station aussteigen und warten? Oder zurückfahren? Aber insgeheim wusste ich: egal was ich tat, er würde nicht mehr auftauchen.

Aber von vorn.

In der Friedrichstraße hatte ein Geschäft aufgemacht, in dem ausschließlich Seife verkauft wird. Als ich daran vorbeiging, traf es mich wie ein Keulenschlag.

Das war ihr Geruch.

Der Geruch der Seife, der aus der offen stehenden Tür des Ladens strömte, war ihr Geruch. Gráinne roch nicht nach Parfüm oder nach dem körpereigenen Geruch einer Frau. Wenn man sein Gesicht an Gráinnes Körper drückte, dann roch man frische Seife.

Ich stand einen Moment und sah in das Geschäft hinein, die bunt verpackten Kernseifen, Cremeseifen, Duftseifen und was es noch noch gab, und ging benommen weiter.

Ein paar Tage später kam mir die Idee, ihr zu schreiben. Das war während eines Spaziergangs durch den Bürgerpark. Am Himmel dröhnten die Flugzeuge Richtung Tegel, auf dem Rasen das übliche Sonntagspublikum. Ich ein einsamer Mensch inmitten von Kleinfamilien.

Ich schreibe ihr, dachte ich.

Wir hatten uns im Streit getrennt, aber das war jetzt zehn Jahre her. Ich wollte nur Hallo sagen und wissen, dass es ihr gut geht. Abends war es beschlossene Sache. Ich war ein bisschen betrunken, im Kassettenrekorder lief Clannad (Mein Gott, wie hat sie Clannad gehasst!), und ich stellte mir vor, wie sie aussieht. Die Tochter inzwischen eine junge Dame, wahrscheinlich liiert mit dem langhaarigen Gitarristen einer Rockband aus Dublin.

Am nächsten Morgen warf ich den Brief ein, zuversichtlich, dass er sein Ziel erreichen würde. Selbst, wenn sie umgezogen war – was ich nicht glaubte – würde der Briefträger in dem kleinen Ort wissen, wo sie zu finden sei.

Ich erwartete keinen Brief von ihr. Dazu war sie zu schreibfaul. Sie schickte allenfalls Postkarten. Der Rekord liegt glaube ich bei sieben Zeilen, eingeschlossen das obligatorische „KISS! KISS! KISS!" am Ende. Ich hatte ihr in großer Schrift meine aktuelle Telefonnummer aufgemalt. Sie würde auf den Brief wahrscheinlich mit einem Anruf reagieren. Wie meistens. Sie würde fragen: „Hallo, wie geht es dir?" Ich würde ihre schwärmerische Stimme hören, verziert mit den schrillen Koloraturen, die englischsprachige Frauen auszeichnet. Ich würde antworten: „Mir geht es ganz gut. Und Holly?"

Zwei Wochen wartete ich vergeblich auf einen Anruf. Dass ich sie schließlich im Internet suchte, glich einer Verzweiflungstat. Niemals würde sie einen Computer anrühren. Ihre Tochter schon eher. Vielleicht hatte Holly so etwas wie eine Homepage der Familie angelegt.

Ich suchte und fand Gráinne zu meiner Überraschung schließlich doch unter ihrem Namen. Das Kaff im Südosten Irlands hatte eine eigene Internetseite. Eine Liste enthielt ihren Namen und die Adresse.

Gráinne Lampart, geborene Flannery, Irish Street, Bunclody. Die Liste trug die Bezeichnung „Obituaries". Mit einem unguten Gefühl schlug ich den Begriff im Wörterbuch nach. Das

Wort bedeutet „Trauerfälle". Ich hatte sie auf einer Totenliste gefunden. Alles Blut wich aus meinem Gesicht. Ich konnte es spüren. In meinen Ohren weißes Rauschen. Es war unmöglich! Sie war Ende dreißig gewesen, als ich sie vor zehn Jahren verließ. Und jetzt tot? Drei Tage lang war ich zerschmettert. Dann erst begann ich zu fragen. Woran war sie gestorben? Warum hatte mich niemand informiert?

Sechs Monate später. Die Boeing 737 von Hapag Lloyd landet planmäßig auf dem Dubliner Flughafen. Der Bus Richtung Rosslaire fährt von der Zentralstation ab. Die Fahrt nach Bunclody dauert zwei Stunden. Eine Stunde benötigt der Fahrer, um aus dem Moloch der Stadt zu finden. Die zweite Stunde dann für die eigentliche Strecke am Fuß der Wicklow Mountains. Und dann, nach einer scharfen Straßenkurve, hält der Bus mit pfeifenden Stoßdämpfern in Bunclody. Ich klettere hinaus, zerre den Koffer aus dem Gepäckfach und stehe auf der Hauptstraße. Zwischen den beiden Fahrbahnen zieht sich eine Verkehrsinsel mit Bäumen und Bänken durch die Länge des Städtchens. In der Mitte fließt ein handbreites Rinnsal durch einen steinernen Kanal. Ich stehe vor dem „Lennon's", das „Connor's" gleich daneben. Auf der gegenüberliegenden Straßenseite erkenne ich das „Redmond's", die Kneipe mit dem gleichnamigen Wettbüro. Nichts scheint sich verändert zu haben. Doch, auf der Brache neben der Stadtkirche, einer betonierten Seelenabschussrampe im Stil der siebziger Jahre, wird ein neues Gebäude hochgezogen.

Mein Aufenthalt beginnt damit, dass ich die Church Road am falschen Ende von Bunclody suche. Auf dem Market Square klärt mich eine Frau auf. Am richtigen Ende sehe ich dann die wuchtige normannische Kirche, der die Straße ihren Namen verdankt. Es geht zweihundert Meter bergauf, dann das Schild „Weston's House". Ein zauberhaftes Anwesen mit gekiester Zufahrt. Ein Rauhaardackel wuselt mir um die Füße und versucht, mich zu erschrecken. Ein zweiter Hund, groß wie ein

Kalb, kommt herangetrottet. Ich nehme die drei Stufen zur offen stehenden Haustür und läute. Ein Mann mit grauen Haaren begrüßt mich freundlich. Ich sage ihm, dass ich ein Zimmer gebucht hätte. Er sieht in einer Kladde nach und schüttelt bedauernd den Kopf. Schriftlich, bei Mrs Conell-Jones, beharre ich. Er entschuldigt sich und verschwindet, um nachzufragen.

Der Kalbshund sieht mich mit offenem Maul an. Sein Schwanzwedeln macht ein Geräusch wie Adlerschwingen. Drüben sehe ich auf einer Koppel zwei Ponys grasen. Von Natur aus bin ich ein nervöser Mensch. Aber diese kleinen Scherze zur Urlaubszeit ist man irgendwann gewohnt. Außerdem habe ich noch nie gehört, dass in Irland ein Fremder unter der Brücke schlafen musste.

Mrs Conell-Jones ist eine attraktive blonde Vierzigerin mit schöner tiefer Stimme, die mir erklärt, dass sie eigentlich völlig ausgebucht sei. Ich wiederhole, dass ich gebucht hätte, einmal telefonisch und dann noch einmal mit schriftlicher Bestätigung. Sie winkt mich herein. Man werde schon einen Weg finden.

Zehn Minuten später sitze ich in meinem Zimmer. Doppelbett, wie in einem Hotel. Überhaupt sieht es hier mehr nach einer Suite als nach Bed and Breakfast aus. Ein Fernseher hängt von der Decke herab. Breiter Nachttisch mit Wasserkocher, Teebeuteln und löslichem Kaffee, Bad nebenan. An der Wand der Hinweis, dass Rauchen im Zimmer Feueralarm auslöst.

Der nächste Tag. Im Flur warnt mich ein großes Schild davor, den Zimmerschlüssel mitzunehmen. Aber als ich ihn abgeben will, zuckt der Mann mit den Achseln und sagt, ich solle ihn behalten. Schließlich könne ich kommen und gehen, wann ich will.

Ein vormittäglicher Erkundungsgang im Nieselregen. Der Weg vom Weston House führt an der normannischen Kirche vorbei, die wie ausgestorben wirkt. Zwischen Church Road und Irish Street die altbekannte Hauptstraße. Mit Mühe finde ich Gráinnes alte Wohnung. Draußen über der Fassade eines Diners das Fenster zum Marktplatz, ein schmales Rechteck mit Blick auf die Betonkirche auf der anderen Straßenseite.

Ich laufe aus dem Ort. Oben am Berg liegt Kilmyshall. Das Hexenhaus, jetzt leerstehend: nichts als eine Hütte aus rostrotem Wellblech. Ich versuche, hinter das Haus zu gelangen, aber auf beiden Seiten versperrt dichtes Gestrüpp den Weg. Mein Sakko muss einiges erleiden, aber schließlich bin ich auf der anderen Seite.

Hier ist es gewesen. Auf der jetzt verschimmelten Holzbank haben mein Vater und der alte Michael John vor zehn Jahren gesessen. Dort drüben stand ich an diesem dämlichen Grill, während Gráinne stumm herübersah.

Auch der nächste Tag ist grau. Meine Zimmerwirtin beteuert, dass es bald besser wird. Die Wolken verdichten sich, es gibt Regen. Ich verlasse das Haus. Ich versuche, im Blumenladen Rosen zu bekommen und muss mich mit roten Nelken begnügen. Meine Blumen hängen schlaff im Papier. Ich marschiere die Landstraße entlang Richtung Norden, hinaus aus dem Dorf, durch wütenden Regen, vorbei an spritzenden Autos. Nach zwei Kilometern betrete ich eine Tankstelle, um mich zu vergewissern, dass ich auf dem richtigen Weg bin. Der Tankwart nickt und redet Unverständliches. Es bleibt unverständlich, obwohl er es noch zweimal wiederholt. Die Iren sind höflich, sie sagen alles, so oft man es will. Aber sie sagen es immer gleich, und wer es nicht versteht, der versteht es eben nicht.

Ich laufe weiter durch den Regen. Ich glaube, der Tankwart sagte: rechts von der Straße. Und ich meine, er sagte: beim großen Schild links. Rechts oder links? Als ich die Hoffnung schon aufgebe, steht auf der linken Fahrbahn ein riesiges Schild, das auf deutsch und französisch sagt: ACHTUNG –

LINKS FAHREN! Rechts von der Fahrbahn entdecke ich eine niedrige Mauer, dahinter einen Wald aus steinernen Kreuzen. Der Friedhof ist riesig. Dutzende, vielleicht hunderte von Grabmälern, alle mit dem keltischen Ringkreuz aus weißem Mamor oder Granit. Heute ist der Tag, an dem die Bewohner von Buclody einmal im Jahr die Gräber ihrer Verwandten besuchen. Vereinzelt stehen Leute auf den Feldern und stecken unter dem Schutz von Regenschirmen Kerzen an. Ich frage einen der Friedhofsgärtner nach dem Grab der Flannerys. Er nickt und winkt mich hinter sich her. Ich bedanke mich, er lächelt und geht weiter. Ich stehe auf dem gekiesten Rechteck. Keiner der Flannerys ist hier. An der Stirnseite der Grabstätte ragt das wuchtige Kreuz, mit dem des alten Michael John gedacht wird, dem großen Lehrer des Ortes, seiner früh verstorbenen Frau und des Verwandten, der in Hongkong starb, weil er nicht mit dem Trinken aufhören wollte. Und links daneben ein kleiner, nicht einmal kniehoher Stein.

GRAINNE LAMPAERT
(geborene Flannery)
gestorben am 27. Juli 2001
im Alter von 43 Jahren.

II

Im November 1994 stürmten meine Eltern ins Wohnzimmer. „Etwas Schreckliches ist geschehen! Die Flannerys, du kennst sie."Ich kannte sie nicht. „Gráinne, du weißt ja, sie ist mit dem Schreiner verheiratet." Ich wusste es nicht.
„Ihr Mann hat sich das Leben genommen!"
Meine Eltern hatten bei ihrem Irland-Urlaub im Sommer eine Familie kennengelernt. Bekannte von Bekannten meiner Eltern besaßen in irgendeinem kleinen Kaff dort ein Sommerhaus,

das von den Eigentümern oft ungenutzt blieb und daher vermietet wurde.

Meine Mutter hatte eigentlich wenig Lust gehabt, dorthin zu fahren. Es war ihr zu langweilig. Ruhe war allerdings genau das, wonach mein Vater sich nach Abschluss einer schlimmen Spielzeit am meisten sehnte. Meine Mutter fügte sich.

Bunclody, so heißt das Kaff, liegt im County Wexford, dem Südosten der Insel, nicht allzu weit von der Hauptstadt. Obwohl der Ort nur zweitausend Einwohner zählt – die ländliche Umgebung eingeschlossen – reihen sich neun Pubs an der Hauptstraße. (Gráinne sollte mir später von siebzehn Kneipen erzählen.) Der Lieblingspub meines Vaters war die „Redmond's Lounge". Der Wirt ein älterer Herr, der niemals Alkohol trank, weil sein Vater sich zu Tode gesoffen hatte. Stattdessen machte er flotte Sprüche. Bezeichnete meinen Vater als „Hühnchen", weil er nicht, wie in Irland selbstverständlich, ein halbes Dutzend Kinder in die Welt gesetzt hatte. War aber völlig hingerissen, als mein Vater das zweite Mal mit derselben Frau angereist kam. Da würde er ganz andere Männer kennen...

Oben im Pub befand sich noch ein Saal, in dem um zehn Uhr abends ein Theaterstück gespielt werden sollte. Es begann mit fast dreiviertelstündiger Verspätung, ein derber Schwank, von dem meine Eltern nicht viel mitbekamen, der bei den Leuten aber gut ankam. Besonders einer „molligen Temperaments-bestie", die neben meinem Vater saß und ihn in Platznot brachte. Gerade wollte meine Mutter die Fremde anfauchen, als die Irin sich zu ihnen drehte und meine Eltern ansprach. Gleich am nächsten Abend, um zehn, würde sie, Maura, im Pub „Lennon's" singen. Sie müssten unbedingt kommen! Meine Mutter versprach es verdutzt, und so zerrte sie meinen Vater am nächsten Abend mit, obwohl dieser lieber einen ruhigen Abend im Haus verbracht hätte.

Um zehn Uhr war im „Lennon's" überhaupt nichts los. Um zwanzig vor elf rauschte Maura herein und deponierte Instrumente, um gleich wieder zu verschwinden. Um elf ging es schließlich los. Maura spielte Gitarre, ihr Vater, ein feiner alter Herr, an der Geige, und alle, wirklich alle im Pub, sangen. Und seit der Bekanntschaft mit den Flannerys waren meine Eltern nicht länger Touristen. Erleichtert stellte mein Vater fest, dass auch meine Mutter begann, dieses Land zu lieben.

Ich erinnere mich daran, wie meine Eltern aus dem Urlaub zurückkehrten. Ich hatte das Haus gehütet, die Katze gefüttert und mich mit einem nicht funktionierenden Warmwasserboiler geplagt. Meine Mutter hielt mir Fotos vor die Nase. Ein alter Mann auf einer Holzbank, ein anderer alter Mann mit einer Art Fiedel auf den Knien. Frauen mittleren Alters. Kleine Mädchen, die auf dem Laptop meines Vaters herumspielen.

Für den kommenden Sommer boten meine Eltern mir an, sie bei der nächsten Reise nach Bunclody (ihrer dritten) zu begleiten.

Drei Kilogramm hatte ich in den ersten drei Monaten meines Berufslebens verloren. Zeit für einen Urlaub, für Ferien mit den Eltern. Wie als Kind. Sich um nichts kümmern. Hinten im Auto sitzen und auf die blauen Autobahnschilder schauen, während sich vorne Mama und Papa streiten. Aber ich war Kind mehr. Ich war achtundzwanzig Jahre alt und berufstätig.

Der weinrote Renault rollte die Rampe von der Fähre „St. Patrick" hinunter. Mein Vater starrte abwechselnd auf die Fahrbahn und den Zettel, den er an die Windschutzscheibe geklebt hatte: KEEP LEFT!

„Hast du die Ausweise?", fragte meine Mutter.

Mein Vater war nicht leicht erregbar. Aber wenn ihn etwas auf die Palme brachte, dann richtig.

„HERGOTTNOCHMAL ICH FAHRE DIE ERSTEN METER LINKS KONZENTRIERE MICH AUF DEN VERKEHR UND DU KANNST KEINE FÜNF SEKUNDEN WARTEN…"

114

Meine Mutter dagegen war leicht entzündlich. Ein Funke genügte.

„DAS IST ÜBERHAUPT KEIN GRUND MICH SO ANZUSCHNAUZEN!"

Ich lehnte mich zurück und betrachtete die Landschaft. Der Südosten Irlands war flach, ländlich, fast langweilig.

„WEISST DU WIE NERVÖS EINEN DAS MACHT DIE ERSTEN METER LINKSVERKEHR UND DANN NERVST DU MICH MIT DEN AUSWEISEN!"

Die großen Strohräder auf den Feldern erinnerten mich an Brandenburg, das Gebiet, in dem ich seit einem Vierteljahr meine Brötchen als Journalist verdiente. Ein Agrarland ist immer ein armes Land, dachte ich.

„ICH HAB NACH DEN AUSWEISEN GEFRAGT DAS IST ÜBERHAUPT KEIN GRUND MICH ANZUSCHNAUZEN!"

Nach nur eineinhalb Stunden (Diese Insel ist so klein!) kamen wir von der Südostspitze Irlands an unser Ziel. Ein winziges Kaff, aber selbst dieses schien einen Vorort zu haben. Ja, ein bisschen Falkensee war nach Wexford gekommen, denn da waren sie, die Parzellen mit Einfamilienhäusern. Ein älter Herr, den ich von den Fotos als das Faktotum Michael Donohoe erkannte, winkte und öffnete das weiße Tor, und nach Gutsherrenart fuhren wir auf das Anwesen. Ein bescheiden eingerichtetes aber blitzsauberes Gebäude, draußen ein Rosengarten und eine Art Spielwiese, mit dichten Baumreihen von der Außenwelt abgeschirmt.

Es blieb keine Zeit, von der Reise auszuruhen. Eine andere Macht hatte uns für den Ankunftstag fest verplant. Ich bekam mitgeteilt, dass wir um siebzehn Uhr zu einem Barbecue bei den Flannerys erwartet würden. Den Begriff Barbecue kannte ich sonst nur aus amerikanischen Fernsehserien, wo Männer mit Cowboyhüten Rinderhälften grillten und Squaredance veranstalteten. Aber in der Art, wie meine Eltern das Wort aussprachen, hatte es etwas Feierliches.

Zum ersten Mal fuhren wir direkt in den Ort hinein. „Market Square" hieß ein hässliches Betonquadrat an der Hauptstraße. Dort stand ein einstöckiges Apartment, das kurioserweise nicht durch die Vordertür zu betreten war. Stattdessen ging man über den Hinterhof zu einer Stahltreppe, die wie die Feuerleitern bei „West Side Story" aussah. Mein Vater sprang die Stufen hoch und klingelte.

„Hier hat Dirk gewohnt", raunte er.

„Schon klar."

Eine zierliche Frau mit hochgestecktem, rotblonden Haar und grünen Augen öffnete. Ihr blasses, sommersprossiges Gesicht war schmal und hatte etwas koboldhaftes.

„Hallo, Gráinne."

„Helloooooooo!", rief ihre Singsangstimme.

Sie umarmte meine Eltern und gab mir die Hand. Gráinnes Tochter Holly, eine pausbäckige Viertklässlerin, machte eine dickliche Bassethündin namens Penny reisefertig. Wir waren spät dran, aber wir sollten trotzdem noch auf ein Glas hereinkommen. Das Wohnzimmer war bieder eingerichtet: Kamin mit Standuhr und Nippesfiguren, auf dem kniehohen Tisch Häkeldecken, wie ich sie von meiner Urgroßmutter kannte. Auf einer Kommode das Bild des glücklichen Ehepaars, dazwischen das Kind.

Wir mussten los. Gráinne kehrte unten auf der Treppe noch einmal um und hastete hinauf, um ihre Sonnenbrille zu holen. Dann fuhren wir ein Stück aus Bunclody, wo ein Ortsteil „Kilmyshall" hieß.

Ein kleines Gebäude mit Garten, rotbrauner Anstrich wie die Holzhäuser in Schweden. „Hexenhaus" nannte es mein Vater liebevoll. Auf der Holzbank im Garten saß der Hausherr, der sich bei unserer Ankunft würdig erhob. Er begrüßte meine Eltern herzlich und mich wohlwollend. Ich wurde das Gefühl nicht los, einer diskreten Prüfung unterzogen zu werden, also versuchte ich, mich vorbildhaft zu benehmen. In erster Linie tat ich das für meinen Vater, denn hier ging es darum, den einen Patriarchen vor dem anderen nicht zu blamieren, was mein Vater, die gute Seele, nicht zu bemerken schien.

Als nächstes stürmte die älteste Tochter auf uns zu, Maura, Anfang vierzig, mit ihrem Freund, einem gutaussehenden dunkelhaarigen Mann mit ausgezeichneten Manieren. Maura war der Kumpeltyp, der einen gleich bei der Hand nahm. Brünett, gelockt und breitschultrig gab sie jedem sofort das Gefühl dazuzugehören. Die mittlere Flannery-Tochter, Siobhan, eine hagere Blonde mit lebhaftem Gesichtsausdruck, nahm einen durch ihr loses Mundwerk ein. Vor nichts schien sie Respekt zu haben. Mit ihrer Tochter Bryna, einer hübschen storchenbeinigen Pubertierenden, wohnte sie gemeinsam mit dem alten Herrn im Hexenhaus. Die Jüngste, Gráinne, blieb den Nachmittag über still und traurig, während ihre Tochter versuchte, sie aufzumuntern. Ich sah ab und zu unauffällig zu ihr herüber, sah mir ihr rotblondes Haar an, ihr spitzes Gesicht mit schmalen Meryl-Streep-Lippen und großen grünen Koboldaugen.

Ein herrlicher Sommertag auf der Wiese vor dem Haus. Die ersten Runden Bier wurden ausgeschenkt. Weitere Bekannte kamen. Ein Grill wurde aufgebaut. Obwohl alle sehr freundlich waren, bekam ich irgendwie keinen Anschluss. Also machte ich mich am Grill nützlich und drehte die Steaks und Würstchen um. Jeder klopfte mir anerkennend auf die Schulter.

„Das machst du wirklich toll."

„Da kann man wohl nicht viel falsch machen."

„Doch, im Ernst. Sehr professionell."

Ich ließ den Grill stehen und wandte mich den Kindern zu. Holly reichte mir das Ende eines Spielzeugs aus zwei Schnüren, über die man sich gegenseitig einen daran befestigten Plastikball hin und her bewegte. Als ich das Gefühl bekam, Holly versuche mich zu beschäftigen anstatt umgekehrt, kehrte ich zu meiner Tätigkeit bei den Steaks zurück. Ich legte mir einen Fleischbatzen auf den Pappteller, nahm mir ein Bier und schlenderte zu der jungen Witwe, die am Rand des Rasens stand.

„Schön hier."

„Ja."

„Ich habe das mit deinem Mann gehört. Es tut mir leid. Herzliches Beileid!"

„Danke. Das ist sehr lieb."

„Ich war übrigens schon mal in Irland."

„Ach."

Ich redete auf sie ein, und sie hörte höflich zu.

„Tja, ich hol mir noch mal ein Bier."

„Ja."

Bei Sonnenuntergang war das Grillen vorbei. Wir saßen auf Holzstühlen und blickten ins Abendrot. Mein Vater machte bereits sein „Jetzt-wollen-wir-aber-auch-bald-gehen"-Gesicht. Gráinne bot mir überraschend an, noch eine Runde mit Penny, dem Hund, zu laufen. Ich stimmte achselzuckend zu. Wir liefen eine Hecke entlang den Hang hinauf, während es rasch dunkel wurde. Ich sah ihren rotblonden Schopf vor mir, während der Hund unsichtbar durch das Gras hechelte und raschelte.

„Du hast gesagt, dass du schreibst."

„Ja. Zeitungsartikel. Ich kann gerade so davon leben."

Wir erreichten die Spitze des Hügels. Penny hatte sich sonstwohin verkrümelt. Der Himmel war sternklar, der Geruch der Felder stieg in die Nachtluft. Das Hexenhaus war verschwunden, nur dort unten, am Fuß des Hanges, sah man ein paar Lichter.

„Ich könnte nie in der Stadt leben", sagte sie.

„Ich könnte nicht auf dem Land leben", entgegnete ich.

„Warum?"

„Mir würde zu viel fehlen."

118

In der nun folgenden Stille kam mir ein irrwitziger Gedanke. Es ging mir so wie jemandem, der im Begriff ist, von einem Häuserdach zum nächsten zu springen. Er weiß genau, er wird in den Tod stürzen, wenn er die andere Seite nicht erreicht. Trotzdem springt er. Die Angst und die Überwindung der Angst erzeugen eine Art Rauschzustand.

Ich hatte mir erlaubt, einen Arm um Gráinnes Schulter zu legen. Jetzt beugte ich mich über sie, um sie zu küssen. Sie stieß einen überraschten Ruf aus, etwas wie „Was tust du da?", bis ich mein Gesicht auf ihres presste. Es folgte ein kurzes Gerangel, Gráinne hauchte ein letztes „Nein". Schließlich steckten wir beide in einem Kuss, und nach einer Weile spürte ich, wie sie ihre Arme um meinen Hals legte.

Penny hielt sich vornehm zurück, bis wir nach ihr riefen. Wir gingen langsam zum Hexenhaus, ab und zu blieben wir stehen, und ich drückte ihren Kopf an meine Schulter.

Die Wiese war leer und dunkel, im Hexenhaus brannte Licht. Gráinne öffnete, der Hund sprang hinein, die Stimmen der Flannery-Familie drangen nach draußen. Ich folgte Gráinne ins Haus und sah den alten Herrn, Siobhan und die beiden Mädchen.

„Wo sind meine Eltern?"

Siobhan verzerrte ihr Gesicht zu einer schrecklichen Grimasse.

„Deine Eltern sind fort. Und sie haben gesagt, dass sie dich NIE MEHR wiedersehen wollen!"

In Panik versuchte ich mir vorzustellen, was geschehen sei und ob ich notfalls in der Lage wäre, den Weg von hier nach Lucy's Wood zu rekonstruieren. Ich war mir nicht einmal sicher, ob ich das bei Tageslicht konnte. In der Dunkelheit war es völlig aussichtslos. Ich konnte nicht einmal die Entfernung abschätzen.

Siobhan winkte beruhigend ab.

„Ich hab nur einen Spaß gemacht. Deine Eltern wollten nach Hause. Da haben wir vorgeschlagen, dass ein Freund von uns dich nachhause fährt."

Während mir der Pulsschlag noch in den Ohren klopfte, kam dieser Freund auch schon um die Ecke, um mich abzuholen. Ich verabschiedete mich von den Flannerys. Sie standen alle im Flur des Hexenhauses und winkten. Gráinne blieb hinter ihnen und warf mir einen heimlichen Handkuss zu.

Am nächsten Vormittag klopfte ich an die Tür von Gráinnes Haus. Holly öffnete und grinste, um ihre Beine wuselte der Hund, als ob er gleich einen Herzinfarkt bekäme. Wir sagten Hallo, und sie ließ mich herein als sei ich hier Stammgast. Das Wohnzimmer mit den weißen Steppdeckchen war leer. Ich hörte Wasserspülen. In der Küche traf ich Gráinne beim Abwasch. Sie schaute mich fragend an.

„Was ist los mit dir? Kannst du nicht mehr küssen?"

Normalerweise gibt es in Irland jeden Tag jedes Wetter. Das heißt, es gibt jeden Tag Regen und Sonnenschein. Aber im Sommer 1995 schien in Irland ununterbrochen die Sonne. Das ganze Leben in einer Nussschale. Wir hatten nicht viel Zeit. Wo normale Paare Monate und Jahre Zeit haben, waren uns bloß zwei Wochen gegeben. Ich war zuvor mein ganzes Leben allein gewesen, und ich wusste, wenn dies zuende ginge, würde ich für eine lange Zeit, vielleicht sogar für immer, allein sein. Alles Leben, die Erfahrungen, Erfolgserlebnisse, Streits, Rückschläge, Ängste und Freuden mussten sich in diesen zehn Tagen abspielen. Wie kurz war diese Zeitspanne, und gleichzeitig unermesslich lang, da sich in Minuten abspielte, was sich in der Welt der anderen über Tage, Wochen und Monate hinzog.

Dann war die Zeit vorbei. Ich musste mich verabschieden. Holly bekam einen Kuss auf die Wange. Gráinne stand in der Küche und heulte.

„Nun verschwinde endlich! Du machst es doch nur schlimmer."

III

Wir hätten es dabei belassen sollen. Aber wir beließen es nicht dabei. Mein Leben hatte sich völlig verändert, seitdem auf der Welt jemand für mich da war. Ich saß in Berlin und wusste, im Westen, dreitausend Kilometer von hier, dachte jemand an mich. Es gab Telefonate, teuer in jeder Hinsicht, Liebesschwüre, Geraune, das einem wieder für einige Zeit Lebensmut gab. Gráinnes Singsang, die fröhliche Stimme von Holly. Ich schrieb Briefe, die Gráinne mit einem weiteren Telefonat erwiderte.

Drei Monate nach dem tränenreichen Abschied kehrte ich nach Bunclody zurück. Es war mir gelungen, eine Buslinie ausfindig zu machen, mit der ich für 300 Mark nach Dublin kam, die einzige Art der Reise, die ich mir leisten konnte. An einem frostigen Novembermorgen stieg ich im Zentralbusbahnhof beim Messegelände ein.

Drei Tage und zwei Nächte Busfahrt später: Dublin. Ich stand in der Eingangshalle des Busbahnhofs. Gráinne wollte mich abholen. Ich sah sie aber nicht. Was tun, wenn sie ausblieb? Theoretisch wusste ich, wie es nach Bunclody geht. Ich müsste den Bus erwischen, der einmal täglich Richtung Carlow fährt.

Gerade als ich begann, Panik zu bekommen, sah ich sie winken, Gráinne und Siobhan.

Siobhan brachte uns mit dem Auto nach Bunclody. Sie hatte einen Affenzahn drauf, aber sie fuhr sicher. Der Wagen schlängelte sich aus Dublin heraus und donnerte über die Landstraße.

Auf der Fahrt erzählt mir Gráinne, dass sie gezwungen war, ihr Appartment am Market Square aufzugeben. Als Witwe könne sie sich die Miete nicht mehr leisten. Die ganze Familie, außer Maura, die mittlerweile in der Nachbarstadt Enniscorthy wohnte, sei jetzt in Killmyshal untergebracht. Der alte Herr, seine beiden Töchter und deren zwei Töchter im Hexenhaus, wo sich die dicke Penny kaum drehen konnte. Und dann noch ich.

Als wir schließlich ankamen, erwartete uns ein Idyll. Der alte Michael John, der mit der „Irish Times" im Lehnstuhl am lodernden Kaminfeuer saß, zu seinen Füßen die kleine Holly, in ein Schulbuch vertieft. Ungeachtet der beengten Verhältnisse im Hexenhaus bekam ich ein eigenes Zimmer, wie der alte Herr. Auf die zwei anderen Räume verteilten sich die Mütter mit ihrem jeweiligen Kind.

Natürlich hätte ich gern Gráinne bei mir gehabt, aber die drückte mir stattdessen eine elektrische Heizdecke in die Hand. Es gehe nicht. Wegen der Familie. Oder wegen Holly. Ich hatte schon im Sommer beobachtet, dass Gráinne gern ihre Tochter vorschob. Sie war einmal der Grund, dass wir zusammen waren, ein anderes Mal der Grund, warum wir nicht zusammen sein konnten. Wegen Holly sollte ich kommen oder wegbleiben. Es gab ein paar Nächte, in denen Gráinne zu mir ins Zimmer schlich. Aber ich konnte nie sicher sein, und ich konnte es schon gar nicht einfordern. Im einen Moment war sie scharf auf mich, im nächsten Augenblick verklemmt wie eine Marburger Studentin.

Und dann gab es ständig Streit. Auch dies hatte bereits damals im Apartment am Market Square begonnen. Streit über den Abwasch, über ein Wort, das ich gesagt hatte, und das gegen mich ausgelegt wurde. In meiner Naivität glaubte ich lange Zeit, beim Streiten ginge es um das Thema des Streits. Ich versuchte ihr klarzumachen, dass ich mich in einer fremden Sprache ausdrücken muss, in der zwangsläufig unzulänglich bin.

„Sonst scheinst du dich in Englisch sehr gut ausdrücken zu können", meinte sie schnippisch.

Zum ersten Mal erlebte ich Streit als Selbstzweck. Bei Gráinne war Streit Machtinstrument und irgendwie auch Männlichkeitstest. Ihre Vorstellung von Partnerschaft ist die eines permanenten Ringens. Von einem richtigen Mann erwartet sie, besiegt zu werden. Und notwendigerweise verlor ich. Wenn sie davon sprach, wie Dirk sie blau und grün schlug, meinte sie: „Ich habe diese Schläge verdient." Ganz sachlich, es schwang sogar ein wenig Stolz dabei mit. Hätte ich gesagt, Gráinne sei ein Opfer männlicher Gewalt, dann wäre sie fuchsteufelswild geworden. Seine Schläge und ihre Sticheleien – Gráinne bestand darauf, dies hätte sie zu ebenbürtigen Gegnern gemacht.

Während der ganzen Zeit waren wir außerdem den Boshaftigkeiten Siobhans ausgeliefert. Langsam und unmerklich, so als würde sie ihre Grenzen austesten, wurde sie aggressiver. Mit ihrer Schwester stritt sie sich regelmäßig. Einmal waren sie wieder in eine Debatte verwickelt, in der es um irgendeine Lappalie ging.

„Es ist zu früh", sagte Siobhan plötzlich. „Es ist doch noch kein Jahr her..."

„Das ist es also!", zischte Gráinne, und ihre Augen schossen Blitze. „Jetzt kommen wir der Sache näher."

Und damit war ich mit auf dem Kampfplatz. Schon länger terrorisierte Siobhan ihre Nichte. Holly hatte Angst vor ihr, aber ertrug es tapfer. Eines Abends saß ich bei ihr am Bett, strich ihr übers Haar und dachte, wie schön es wäre, eine Familie zu haben. Da reckte Siobhan ihr Schlangenhaupt herein.

„Was macht ihr da!"

„Ich unterhalte mich mit Holly."

„Versuch nicht, mir gegenüber schlau zu sein."

Und dann brachte sie es fertig, mir eine Szene zu machen. Und ich konnte nicht das Geringste dagegen tun. Ich war zu Gast. Da griff ich – einer Eingebung folgend – Siobhans Arm und zerrte sie aus dem Haus. Sie war so überrascht, dass sie sich nicht richtig wehrte. Bis ich ihr die Tür vor der Nase zuschlug und den immer im Schloss steckenden Schlüssel herumdrehte. Siobhan tobte nun draußen und Gráinne tauchte wieder auf.

„ER HAT MICH AUS-GE-SCHLOS-SEN!", krakeelte Siobhan, sobald sie durch das Glasfenster in der Tür ihre Schwester bemerkte.

„Das kannst du doch nicht machen!", sagte Gráinne.

„Doch, das kann ich."

Sie zickte noch ein bisschen herum, konnte aber nicht verbergen, dass sie stolz auf mich war. Und als Maura am nächsten Tag auf mich zustürmte und sagte: „Du hast Siobhan ausgeschlossen!", da strahlte sie mich an, als hätte ich mit bloßen Händen einen entsprungenen Tiger eingefangen.

Das waren die Freuden. Aber die Ernüchterung kam unweigerlich. Es war mir unbegreiflich, wie Gráinne die wenigen Tage, ja die wenigen Stunden, die Siobhan uns in Frieden ließ, dazu nutzte, den Augenblick zu verdorben.

„Vielleicht ist es besser, wenn wir uns trennen", sagt sie schließlich.

Und das taten wir dann. Gráinne brachte mich irgendwie zu einem Städtchen, das an der Bahnlinie lag, und setzte mich in den Zug nach Dublin. Diesmal war ich es, der heulte.

„Lass dich doch nicht so mitnehmen", sagte sie.

Wir blieben in Verbindung. Ein Brief von mir, ein Telefonat als Antwort. Ein Anruf von mir, auf den eine Postkarte folgte.

Danke für Deinen Anruf an Heiligabend.
Ich hoffe, Du und Deine Familie hatten ein schönes Weihnachtsfest.
Wir denken viel an Dich, bitte pass auf dich auf!
Viel Glück mit Deinem Job.
Bitte bleib in Verbindung.
Ein schönes neues Jahr.
Gott segne Dich,

Kuss von mir und Holly!
Für immer Deine Grá.

Bunclody, 27. Dezember 1995

Es wurde Frühling, Sommer und wieder Herbst. Ich besuchte meinen Vater für ein Wochenende. Wir fuhren raus in den Schwarzwald wie früher. Ich sah die vertraute Landschaft wieder, Nadelwälder, so dicht, dass kein Vogel hindurchfliegen konnte. Den mächtigen verwitterten Stamm vom Holländer Michel, dem Bösewicht, der vor zweihundert Jahren in einem Baum verwandelt worden war. Die vom Nebel verhangenen drei Kuppen der Leinkopfberge, die sich seit meiner Kindheit nicht einen Millimeter verändert hatten und die auch in zweihundert Jahren genauso aussehen würden. Mein Vater ließ sich Zeit beim Aussteigen und beim Schnüren seiner Wanderstiefel. Ich scharrte mit den Füßen über den Weg, wollte endlich loslaufen und drängelte. Er war ärgerlich über meine Ungeduld. Ich wusste nicht, dass auch dies wieder ein Abschied werden sollte.

Eine Woche nach meinem dreißigsten Geburtstag kam der Anruf. Mein Vater hatte sich umgebracht, mit der Waffe, die er einem Kollegen abgekauft hatte. Die Polizei war da und war unverrichteter Dinge wieder abgerückt. Die Beerdigung nächste Woche. Brandbestattung, ein ungenanntes Grab unter einer Friedhofswiese. Kein Stein, kein Wallfahrtsort. Er hatte es so gewollt.

Ich setzte mich und schrieb: „Liebe Gráinne, etwas Schreckliches ist geschehen…"

IV

Die vollständige Inschrift lautet:

In liebender Erinnerung an
DIRK LAMPAERT
gestorben am 17. November 1994
sowie an seine Frau
GRAINNE LAMPAERT
(geborene Flannery)
gestorben am 27. Juli 2001
im Alter von 43 Jahren.

Ich stelle fest: Es stört mich nicht, dass Gráinne jetzt wieder mit ihrem Mann zusammen ist. Letztendlich waren sie einander die Partner ihres Lebens. Auf dem Grab steht ein Blumentopf mit einer Grußkarte von Bryna. „Von deiner dich liebenden Nichte…"
Ich lege meine Nelken daneben, und weil es mir ein Bedürfnis ist, auch meinen Namen dort zu hinterlassen, selbst wenn der Regen ihn schon in der ersten Nacht verwischen würde, reiße ich aus einer Packung mit Zigarettendrehfiltern eine Pappe, auf die ich mit Kugelschreiber kritzle: „In Liebe von Leif."
Normalerweise gibt es in Irland jeden Tag jedes Wetter. Das heißt, es gibt jeden Tag Regen und Sonnenschein. Aber im Sommer 2005 regnet es in Irland ununterbrochen.
Es geht steil die Straße hinauf. An der nächsten Kurve sehe ich ein Schaufenster. Eine brünette Frau tritt aus dem Laden und macht sich an der Auslage zu schaffen, die in einem auf dem Bürgersteig stehenden Regal ausgelegt ist. Es ist Maura, die älteste der drei Schwestern.
Wir sagen Hallo. Sie ist dabei so gelassen, als wäre ich letzte Woche und nicht ein Jahrzehnt zuvor das letzte Mal hier gewesen. Ich frage sie, ob sie gewusst hätte, dass ich komme.

Sie sagt nein. „Du hast dich überhaupt nicht verändert", sagt sie. Auf sie trifft das nicht zu. Sie wirkt stark gealtert und müde. An die Geschichte mit meinem Vater erinnert sie sich und nickt wissend. Ihr Laden ist genauso durcheinander wie eh und je. Eine Kundin mit kleinem Mädchen wiegt prüfend ein Goldkettchen mit keltischem Kreuz.

Ich berichte, wie ich von Gráinne erfahren habe. Maura erzählt, sie habe sich schon vorher vom Leben verabschiedet. Ja, es sei die Trinkerei gewesen. Eines Tages sei an ihrem Hals eine Ader geplatzt. Siobhan und Maura seien zu ihr ins Krankenhaus geeilt, wären aber erst eingetroffen, als sie schon eine Viertelstunde tot war.

Am nächsten Tag besuche ich Siobhan. Sie lebt mit ihrem Freund und der Tochter in der einer Erdgeschosswohnung. Ich trete durch die offen stehende Tür und stehe in der Küche. Siobhan und Bryna begrüßen mich.

„Hallo", sagen sie. „Es klingt albern, aber du hast dich gar nicht verändert."

Das kann ich bloß erwidern. Siobhan sieht eher besser aus als früher, weil sie so ausgeglichen wirkt. Und Tochter Bryna ist das gleiche Mädchen, nur ein Meter in die Länge gezogen. Sie lächeln mir zu, als wäre ich vergangene Woche hier zu Besuch gewesen. Wie früher lässt Bryna die Erwachsenen allein und verschwindet unauffällig im Wohnzimmer, das an die Küche grenzt und wo leise der Fernseher läuft.

Ich setze mich an den Küchentisch und bekomme ein Glas Wein.

„Möchtest du was essen? Ich kann eine Kleinigkeit kochen."

„Nein, vielen Dank. Ich bin satt."

„Sicher?"

„Ganz sicher. Ich hatte gehofft, euch auf dem Friedhof zu treffen."

„Ja, Schatz. Ach, gestern habe ich deine Blumen gesehen. Weißt du, wir waren schon morgens an ihrem Grab."

„Ich war nachmittags da."

„Dann haben wir uns verpasst."

„Ja."

„Eigentlich brauche ich die Grabstelle ja gar nicht. Mein Vater ist hier und Gráinne ist da." Sie klopft sich erst auf die linke, dann auf die rechte Schulter. In diesem Moment wird mir klar, dass jenes Grab für mich unendlich wichtig ist. Nach dem Tod meines Vaters hat es mir nichts ausgemacht, ihn ohne Gedenkstein unter dem Gras einer unbekannten Wiese zu wissen. Bei Gráinne ist es anders. Ohne den Friedhof gesehen zu haben, hätte ich die Geschichte niemals abschließen können.

„Und du willst wirklich nichts essen?"

„Nein, ganz bestimmt."

„Es ist eine Kleinigkeit für mich. Dauert eine Minute."

„Vielen Dank."

„Ein paar Kartoffeln, ein wenig Fleisch."

„Nein."

„Sicher?"

„Absolut. Ich hatte von Gráinnes Tod aus dem Internet erfahren. Ihr habt da so eine Liste auf der Homepage von Bunclody."

„Ja, schrecklich. Entschuldige, dass wir dir keine Karte geschickt haben."

„Das konntet ihr gar nicht. Ich bin in Berlin zweimal umgezogen und hatte meine Adresse nicht zurückgelassen."

„Bryna, schau doch mal, ob du noch eine von den Beerdigungskarten findest!"

Bryna springt auf und flitzt in den Flur. Ich nippe am Wein.

„Dort stand allerdings nichts von der Todesursache."

„Falsche Ernährung. Sie aß fast nichts mehr."

„Ich hörte, sie trank."

„Unsinn! Gráinne war keine Alkoholikerin. Sie hatte eine schlimme Zahngeschichte, irgendetwas, das nicht richtig behandelt wurde."

128

Ich staune, wie unbefangen mir Siobhan eine Lüge auftischt, die jeder Dorfbewohner kopfschüttelnd abtun würde, als sie mir den nächsten Schlag versetzt.

„Sie hatte nach dir noch einen Freund. So ein netter Bursche. Ihr Tod hat ihn völlig geschafft. Ich sehe ihn an jedem Todestag Blumen ans Grab bringen. Na, Bryna, hast du sie?"

„Das ist unsere letzte", sagt sie und hält mir eine weiße, rechteckige Karte hin, auf der die Todesmeldung und ein verschwommenes Foto von Gráinne zu sehen ist.

Dann kommt der große Abend, mein letzter in Bunclody. Siobhans Wohnungstür steht wie immer offen. Ich betrete die Küche, wo Siobhan hantiert. Im Wohnzimmer sitzt Maura vor dem Fernseher.

„Ich bin gleich für dich da", ruft sie und winkt.

„Oh je, Seifenoper?", sage ich.

„Du verdammter Snob!", erwidert sie.

Ich gehe in den Flur und stehe Holly gegenüber. Sie ist dreißig Zentimeter gewachsen und hat einen Busen. Ansonsten ist sie genau das pausbäckige Mädchen, das ich Mitte der neunziger Jahre auf einem Barbecue kennenlernte.

„Du hast dich überhaupt nicht verändert", sagt sie, nachdem wir uns schüchtern umarmt haben. „Gehen wir erstmal eine rauchen?"

Wir setzen uns auf die Treppe. Es war den ganzen Tag trocken, jetzt kommt sogar die Sonne ein bisschen raus. Vor uns auf dem Rasen marschiert ein zweijähriger Junge wie eine aufgezogene Soldatenpuppe.

„Das ist dein Sohn?"

Sie nickt stolz. „Komm mal her, Tommie D., sag unserem Besucher Guten Tag!"

„Deine Mutter hatte nach mir noch einen Freund. Ein netter Typ habe ich gehört."

„Wie bitte? Er war ein totales Arschloch. Verzeihung!"

„Schon gut."

„Sobald er bei Mama einzog, ging ich weg und kehrte erst zurück, als er fort war. Wir haben uns dann die letzte Zeit ganz gut verstanden."

Wir rauchen und schweigen uns an.

„Schön, dass du gekommen bist." Sie lehnt ihren Kopf an meine Schulter, ich streiche über ihr Haar. Alles ein bisschen hilflos.

Das Essen ist fertig. Die Kochkünste der Flannerys haben nicht nachgelassen. Es gibt fantastische Rindersteaks. Nach dem Essen ziehen sich Holly und Bryna ins Wohnzimmer zurück. Es hat sich nichts geändert, der große Tisch bleibt den Erwachsenen vorbehalten. Maura versucht mir weiszumachen, ich müsste mich dem Leben irgendwie esoterisch öffnen, die Geschichte von der Ausgewogenheit von Gefühl und Verstand. Dann zieht sie die Gitarre hervor und singt wie früher. Siobhan fällt ein, aber ihre helle, klare Stimme passt nicht zu Mauras dunklem, warmen Timbre.

Und ehe ich es mich versehe, ist es vorbei, ganz ohne Krach und Drama. Ich stehe im Flur und verabschiede mich.

„Du musst mit dem Trinken vorsichtiger sein", mahnt Siobhan zuletzt. Ich versuche, mein Lächeln nicht allzu zitronig werden zu lassen. Das ist es, was mir noch gefehlt hat: Lebenshilfe von Siobhan.

Auf dem Rückweg durch die Nacht zünde ich mir eine letzte Zigarette an. Das Leben hier geht weiter, auch ohne Gráinne, und, was mir im Augenblick noch mehr zu schaffen macht: ohne mich.

8. Von den letzten Dingen

Beim Rückweg Richtung Bürgerpark komme ich am Friedhof vorbei und sehe eine Trauergesellschaft. Da sind ältere Herrschaften und Menschen mittlerern Alters, alle in Schwarz gekleidet. Darunter zwei Jungen, in Anzüge und Jackets gequetscht. Eine ziemlich große Gruppe. Eigentlich kann es mir ja egal sein, was nach meinem Tod geschieht. Aber ein bisschen gruselig wird es mir schon, wenn ich mir meine Beerdigung vorstelle. Das wird eine öde Veranstaltung...

Als ich zwölf Jahre alt war, machte unsere Klasse einen Schulausflug in den Harz. Man ließ uns Jungs einfach in den Wald rennen. Dort entstand von selbst ein Spiel: eine Anhöhe fungierte als Burg, die erobert, beziehungsweise verteidigt werden musste. Ich erinnere mich nicht mehr an Einzelheiten. Ich erinnere mich nur an den Kitzel der Gefahr und unendlicher Freiheit. Ich erinnere mich daran, wie ich mit einem Stück Ast, das mein Schwert war, in irgendeiner Mission durch das Unterholz rannte, und dass dies die schönste Erinnerung meiner Kindheit ist.

Warum ich keine Frau bekomme? Für meinen Vater war die Sache klar: Ich hätte eine so junge und schöne Mutter gehabt, dass es mir schwer falle, mich mit einer Frau zufrieden zu geben. Das erklärt er mir auf dem Weg durch Dublin, wobei ich mich zu Tode schäme, dass er mit Anfang fünfzig ohne jede Scham oder Zurückhaltung jungen Mädchen nachstarrt.
Wie sollte ich wissen, dass ich ein Vierteljahrhundert später genau dasselbe tun würde.
Keine Sorge, junge Dame! Ich stehle nur noch mit den Augen...

131

Noch einmal nach meinem Studium bin ich in meine Universitätsstadt zurückgekehrt. Ich hatte in einem unbekannten Verlag in Berlin eine Erzählung veröffentlicht. Das Marburger Kulturzentrum nahm meinen Vorschlag an, eine Lesung zu veranstalten. Der Mitarbeiter des lokalen Kulturmagazins hatte die Veranstaltung in fünf Zeilen angekündigt. Es kamen wenige Leute, aber erfreulich überraschend zwei Kommilitonen aus meinem Studentenwohnheim, die inzwischen miteinander verheiratet waren, und Mägis, der weise alte Indianer aus dem besetzten Haus in der Unterstadt. Kurz vor Beginn der Lesung setzte sich ein Pärchen in die erste Reihe, junge Leute, die wahrscheinlich Soziologie oder sonst etwas studierten. Ein Bursche mit sorglosem Gesicht und eine junges, unglaublich hübsches Mädchen. Die beiden schienen sich aufrichtig zu lieben. Ich musste mitansehen, wie sich zwei Meter vor mir genau das abspielte, was ich mir immer vergeblich gewünscht hatte. Ich war im Begriff, richtig schlechte Laune zu bekommen und wünschte mir ein Maschinengewehr.

Als ich den Mund öffnete, um die Zuhörer zu begrüßen und ein paar einleitende Worte zu sagen, lösten die zwei Hübschen ihre Blicke voneinander und wandten sich mir zu. Von diesem Augenblick bis zur letzten Minute der Veranstaltung starrten die beiden mich mit einem Ausdruck an, den ich zunächst nicht zu deuten vermochte. Erst im Verlauf der Lesung wurde mir klar, dass sie mich mit ungläubiger Bewunderung anschauten. Da saß ich nun, einsam und verletzt, mit nichts in der Hand als einem kleinen Büchlein, das niemanden auf der Welt interessierte. Doch in ihren Augen hatte ich etwas getan, das über ihre Vorstellungskraft hinausging: ein Buch schreiben! Es veröffentlichen! Im Brennstrahl ihrer Bewunderung verdampfte auch der letzte Rest von Neid und Eifersucht in meinem Herzen.

Ich möchte gerne glauben, dass alles, was mir widerfahren ist, zu etwas nutze war.

Dass ich die absurden ideologischen Auswüchse meiner Universitätszeit erlebt habe, um zu verstehen, wie Totalitarismus funktioniert.

Dass ich beim Militär war, um zu lernen, wie schwach und feige ich bin.

Dass ich zehn Jahre als Journalist gearbeitet habe, um zu erkennen, dass nichts zu ändern ist.

Dass ich die Jahrzehnte der Einsamkeit erlebte, um in der Lage zu sein, dies alles hier niederzuschreiben.

Seit Monaten rätsele ich, warum ich es so gut wegstecken kann, in Dilan verliebt zu sein ohne Hoffnung darauf, sie zu erringen. Wie kann ich diese schöne Frau an jedem Arbeitstag sehen, ohne zu verzweifeln?

Mein ganzes bisheriges Leben hat eine unglückliche Liebe mich ins Innerste getroffen. Es war nicht allein die Enttäuschung über ein ausbleibendes Glück. Es war die völlige Zerstörung meines Selbstwertgefühl. Die Zurückweisung durch eine Frau oder die Erfahrung, von einer Frau verlassen zu werden, war für mich der Beweis meiner völligen Wertlosigkeit und stürzte mich in einen Brunnen tiefster Verzweiflung.

Als ich Dilan kennenlernte war dies zufällig auch der Zeitpunkt, an dem ich mir meines eigenen Wertes bewusst wurde. Ich habe einen Erkenntnisstand über die Welt und das Leben erreicht, von dem 95 Prozent der Bevölkerung nicht einmal träumen können. Mir ist jetzt klar, dass es nicht der Beweis meiner Wertlosigkeit ist, wenn Dilan schon einen Mann hat. Es ist traurig, aber es ist Schicksal, weiter nichts. Ich bin mir meines Wertes bewusst und glaube, dass Dilan meinen Wert erahnt.

Warum begreift man diese Dinge erst, wenn es schon zu spät ist, um sie für das Leben zu nutzen? Unbefangen und egoistisch genieße ich das Glück, noch einmal zu lieben.

Mein Vater hatte mir eines Tages erklärt, dass die Schauspielerei die vergänglichste aller Künste sei. Vom Autor bleiben die Bücher, der Maler hat seine Werke, der Komponist seine Stücke. Vom Schauspiel aber bleibt nichts übrig in dem Moment, wo der Schauspieler die Bühne verlässt.

Ich bin verblüfft, auf was für einem niedrigen Niveau manche Intellektuelle über den Tod sprechen. Da gibt es Leute, die klagen den Tod an und verdammen ihn – ohne sich darüber im klaren zu sein, was die Alternative wäre. Wir kommen und gehen, so wie alle Menschen vor uns gegangen sind und wie alle Menschen nach uns gehen werden. Jede andere Möglichkeit endet in der Horrorgeschichte, also bei Vampiren, Zombies oder anderen „Untoten". Haben wir Freude am Anblick oder beim Umgang mit Kindern? Nun, dann gibt es eine ernüchternde Neuigkeit für uns: Der Preis für diese Freude ist unser Tod. Denn nur unser Sterben ermöglicht die Existenz von Kindern.

Ärgert es mich, dass ich keine Kinder habe? Natürlich ärgert mich das. Aber andererseits... Hermann Hesse hatte drei Söhne, und auch diese haben sicher Nachkommen. Doch interessiert mich Hesse nicht, weil er Kinder hatte. Er interessiert mich, weil er den „Steppenwolf" geschrieben hat.

Aus dem Tagebuch meines Vaters:

Sonntag, 14.11. 1993
Sturm und Regen. Wir ließen's uns aber nicht verdrießen und fuhren in den Schwarzwald.

Gespräche mit L: außerordentlich intensiv. Wir sahen gemeinsam die
Landschaft, den Himmel, Wolkenungetüme und Sonne. Da dachte
ich, so ein Tag müßte ihn positiv an seinen Vater erinnern. Später.
Also bleibt was.

Im Jahr 1954 erhielt Ernest Hemingway für seinen Roman
„Der alte Mann und das Meer" den Literatur-Nobelpreis. Ich
bin nicht sicher, ob die Jurymitglieder sich darüber im klaren
waren, warum dieser Roman des Nobelpreises würdig war.
Ich halte es sogar für möglich, dass nicht einmal Hemingway
selbst sich darüber bewusst war, was an diesem Werk so
besonders war. Er äußerte sich nur vage, ihm sei endlich etwas
gelungen, wonach er sein ganzes Leben lang vergeblich
getrachtet habe. Im Klappentext des Buches wird der Satz
zitiert: „Man kann zerstört werden, aber man darf nicht
aufgeben." Für mich aber hält der Roman viel mehr bereit als
dieses alberne Pathos.
Was ist ein Tier? Eine Kreatur, die jeden Tag um das Über-
leben kämpft, bis es eines Tages getötet wird oder von selbst
verendet. Wir Menschen versuchen uns möglichst vom Tier
abzusetzen. Aber auch wenn wir etwas besitzen, das Tiere
nicht haben, etwa Familie, Nachkommen oder ein geistiges
Vermächtnis, letztendlich haben auch wir mit dem Tier
gemeinsam, dass wir getötet werden oder verenden. Das führt
Hemingway vor Augen, in dem er einen Menschen ohne
Familie, isoliert von der Gesellschaft, auf das Meer hinaus
schickt. Es ist ein Fischer, der seit vierundachtzig Tagen
keinen Fang gemacht hat. Er ist ein alter Mann, also wird er in
absehbarer Zeit sterben. Im Zweikampf mit einem großen
Schwertfisch spürt der Fischer, dass er und der Fisch im
Grunde das gleiche Schicksal teilen. Ob der Fischer heute den
Fisch erlegt oder ob der Fisch entkommt und der Fischer
verhungert, ist im Grunde unwichtig. In jedem Fall folgt der
eine dem anderen in absehbarer Zeit ins Grab. Hemingways

Verdienst ist es, diese Verwandtschaft der Kreatur, diese schreckliche Tatsache, dass wir verenden wie jedes andere Tier, so zu schildern, dass wir nicht darüber entsetzt oder empört sind. In herber Traurigkeit feiert der Roman, dass wir das Schicksal aller Lebewesen teilen, die vor uns gelebt haben und die nach uns kommen werden.

Ich habe mein Leben damit verbracht, auf eine orientalische Prinzessin zu warten, die auf ihrem fliegenden Teppich zu mir schwebt. Das Warten war vergeblich. Einige Zeit habe ich es bereut. Aber dann sah ich ein, wie unsinnig das ist. Natürlich ist es ein Jammer, dass die Prinzessin nicht erschienen ist. Doch es war völlig in Ordnung, auf sie zu warten. Ich habe nichts falsch gemacht.

Ein Bericht während meiner Zeit als Lokaljournalist führte mich zu den Sternenfreunden Köpenick. Das war eine Gruppe junger Männer, die sich in einer klaren Winternacht auf dem Dach des Köpenicker Freizeitzentrums trafen, um ihre Teleskope zu erproben. Ich erwartete nicht viel, als ich die etwa armlangen Geräte sah. Dann wurde ich aufgefordert, selbst einen Blick durch das Fernrohr zu werfen. Ich nahm die Brille ab, stellte das Bild scharf und sah die Oberfläche des Jupiter. Auf dessen sahniger Wolkenhülle zeichnete sich messerscharf der Schatten des Mondes Io ab. Seit frühester Kindheit hatte ich mir Fotos von Sternen und Planeten in Bildbänden angeschaut. Aber es war etwas völlig anderes, den Jupiter mit eigenen Augen zu sehen. Das war kein Bild, das war die reale Welt, zum Greifen nah. Am gleichen Abend richteten die Hobbyastronomen ihre Teleskope auf den Saturn. Ich hatte den Eindruck, durch das Schlüsselloch des Universums zu schauen. Da schwebte der Planet mit seinem breiten und hauchdünnen Ring in völliger Ruhe vor mir, so wie er es seit Millionen von Jahren getan hatte und es noch viele Millionen Jahre tun würde, während ich zur gleichen Zeit auf dem Dach des Köpenicker Freizeitzentrums stand. Wie tröstlich zu wissen, dass dieses Universum für meinen Kummer und den Kummer aller vergangenen und noch zu kommenden Menschen nicht mehr übrig hatte als ein schulterzuckendes Lächeln.

Jetzt weiß ich, wie der heilige Gral beschaffen ist, nach dem Hermann Hesse sein Leben lang gesucht hat: ein Sinn und Trost, der unabhängig von unserer aktuellen Lebenssituation ist. Wer ihn hat, dem kann kein Scheitern im Leben etwas anhaben. Wem er fehlt, dem kann kein Erfolg in der Welt etwas helfen.

Was bleibt?

August 1995. Gráinne hat mich aus der Küche verbannt. Ich sitze auf der Hintertreppe, die so aussieht wie die Feuerleitern in der „West Side Story". Auf meinen Knien liegt aufgeschlagen die „Irish Times". Die Sonne knallt auf den Asphalt des Hofes. Penny watschelt zwischen mir und Küche hin und her. Ich höre Gráinne mit den Tellern hantieren. Holly sitzt über ihren Schulaufgaben im Wohnzimmer. Sie ruft ihrer Mutter eine Frage zu. Gráinne antwortet mit ihrer Singsangstimme.

Dies ist der glücklichste Moment meines Lebens.

Ich gebe zu: Als ich das erste Mal las, wie Friedrich Nietzsche den Leser vor der eisigen Gebirgsluft seines Denkens warnte, die nicht jeder vertrage, habe ich herzlich gelacht. Es war kein Lachen der Häme, sondern der ehrlichen Freude darüber, dass jemand die ganze lächerliche Bescheidenheit über Bord wirft und Klartext redet. Jetzt ragt der Fels vor mir auf wie die Wand eines Ozeandampfers.

„Da rauf?", frage ich sicherheitshalber.

„Da rauf", bestätigt Nietzsche.

„Das ist unmöglich!"

„Pessimismus! Schopenhauer hat Sie mit seinem Pessimismus vergiftet, junger Mann."

„Sie haben Schopenhauer doch nie wirklich begriffen."

„Wenn Sie das sagen."

„Sie haben sich nur an seiner Sprache berauscht. Der Inhalt war Ihnen völlig gleichgültig."

„Wollen wir jetzt vielleicht hinauf?"

Die Alpen sind nicht meine Landschaft. Ich bin ein Mensch der Mittelgebirge. Und die Verpflegung passt mir auch nicht. In der Pause öffnete ich die Proviantdose. Sie ist mit Salat gefüllt.

„Vegetarische Ernährung ist viel gesünder", erklärt mein Bergführer.

„Ich bin doch kein Hase", protestiere ich.

„Doch, sind Sie. Ein Angsthase. Können wir weiter?"

Der Aufstieg ist mörderisch. Ich kann kaum Schritt halten.

„Na los, junger Mann!", ruft er.

„Hören Sie auf, mich ‚junger Mann' zu nennen!"

„Das ist der Alkohol", meint er, als ich atemlos neben ihm zu stehen komme. „Ich bevorzuge Opium. Das stimuliert den Geist anstatt ihn zu lähmen."

Er zeigt nach oben. Was ich für den Gipfel gehalten habe, ist nicht der Gipfel. Der Gipfel liegt noch etwa hundert Meter über uns. Nietzsche zwinkert mir zu und steigt voran. Da meldet sich mein Männerstolz. Ich werde mich doch nicht von einem körperlichen Wrack wie Friedrich Nietzsche abhängen lassen! Der doziert während des Aufstiegs munter weiter.

„Zwei Gifte müssen Sie also aus ihrem Körper und Geist schwitzen: Deutsches Bier und deutsche Philosophie."

Endlich sind wir tatsächlich oben. Zunächst ragen nur die anderen Gipfel aus dem Dunst. Dann fährt die Sonne dazwischen und zerschneidet mit ihren Strahlen das Nebelmeer. Wir blicken hinab und sehen die Welt, die wir hinter uns – oder besser – unter uns gelassen haben. Da krabbeln die Menschen hin und her und verrichten ihre Tätigkeiten, die sie für so wichtig halten. So wie wir sie für wichtig gehalten haben, als wir unten waren. So wie wir sie wieder für wichtig halten werden, wenn wir wieder unten sind. Ich bin weder glücklich noch unglücklich. Alle Maßstäbe und Bewertungen sind bedeutungslos. Jetzt erlebe ich es endlich: Ich blicke vom Mond auf die Erde.

Wir sagen beide nichts. Es gibt nichts zu sagen.

Es gab eine Zeit vor euch Handyfressen, und es wird eine Zeit nach euch Handyfressen geben. Diese Schrift ist für die Zeit nach euch Handyfressen gedacht. Ich werde dieses Manuskript zusammenrollen, in eine Flasche stecken, diese gut verkorken und ins Meer werfen.

Mit leeren Händen bin ich auf die Welt gekommen, mit leeren Händen werde ich sie verlassen. Von mir wird nichts bleiben als eine Flaschenpost im Ozean.

Aus dem irischen Tagebuch meines Vaters:

Sonntag, 1. August 1993
Abschied. So, jetzt wird's ernst. Hab nochmal alle Lampen angemacht, M. ist schlafen gegangen. „Heart of a woman" auf dem CD-Player, letztes Glas Rotwein. Wind kam auf und weht ums Haus. Richtig wehmütig ist mir, das Ende von etwas. Ob wir wiederkommen? Man kann es nicht wissen. „Sentimental Song" von Frances Black. „Daddy's a sailor, never comes home." Wenn ich nicht lächeln müßte, könnt' ich gar heulen. Jetzt pack ich das Notebook ein und nehm' noch einen Whiskey. K. fiel mir die letzten Tage oft ein. Schrecklich viel Zeit hab ich ja auch nicht mehr. Absehbar.

Ich sitze im Lehrerzimmer und schaue Dilan an, die stirnrunzelnd über ihr Klassenbuch gebeugt ist. Zum ersten Mal in meinem Leben liebe ich eine Frau, ohne den Zwang, sie besitzen zu müssen. Sonst ist niemand im Zimmer. Nur wir zwei. Sie blickt auf und lächelt mir zu, und ich begreife, dass dies alles ist, was ich je von ihr bekommen werde.

Wenn ich tot bin, fliegt meine Seele hinaus ins Weltall. Ich werde mich auf den Ring des Saturn setzen, die Beine baumeln lassen und mir bis in alle Ewigkeit vorstellen, wie es wäre, wenn Dilan *mich* geheiratet hätte. Ich stelle mir vor, wie wir zusammen erwachen undgemeinsam die Zähne putzen, wie wir uns streiten und wieder versöhnen, in den Urlaub fahren und aus dem Urlaub zurückkehren, wie wir darüber diskutieren, ob und wann wir Kinder haben wollen, all das werde ich mir ausmalen, während über mir am Himmel die Plejaden wie Edelsteine leuchten.

Ich bin tief abgetaucht, um meine Antworten zu bekommen. Die Leute begnügen sich mit dem, was höchstens eine Armlänge unter der Oberfläche schwimmt. Ich musste tiefer gehen, aber es hat sich gelohnt.

Wir haben dieses Jahr einen richtigen Berliner Winter. Es ist so kalt, dass man in Hundescheiße treten kann, ohne sich die Schuhe schmutzig zu machen.

Nach all dem Unglücklichsein bin ich jetzt gierig nach Glück. Ich packe und raffe alles Glücklichsein an mich, das ich in die Finger bekommen kann: Das Knirschen meiner Schritte auf dem gefrorenen Matsch, die sanfte Monotonie der Landschaft um mich herum, die pfeifenden Stöße der Meise, die den baldigen Frühling ankündigt.